Allan Baillie • Gefangen im Wirbelsturm

Allan Baillie

Gefangen im Wirbelsturm

Aus dem Englischen von Cornelia Krutz-Arnold

Bibliografische Information Der Deutschen Bibliothek
Die Deutsche Bibliothek verzeichnet diese Publikation in der Deutschen Nationalbibliografie; detaillierte bibliografische Daten sind im Internet über http://dnb.ddb.de abrufbar.

Der Schneider Verlag im Internet:
http://www.schneiderbuch.de

First published in 1997 by Penguin Australia Ltd., Victoria
Originaltitel: Wreck
Übersetzung aus dem australischen Englisch: Cornelia Krutz-Arnold
Titelbild: Arndt Drechsler
Druck: Ebner & Spiegel, Ulm
Bindung: Conzella Urban Meister, München-Dornach
ISBN 3-505-12004-9

03/8 7 6 5 4 3 2 1

Danksagung

Für die fachkundige Beratung und die Zeit, die diesem Buch in großzügiger Weise zur Verfügung gestellt wurde, bedanke ich mich bei

– der Scottish Shipping Company (und die *San Felipe* hat *keinerlei* Ähnlichkeit mit ihren Schiffen!)
– dem National Maritime Museum in Sydney
– Jim und Glenise Meldrum
– David Stewart
– Agnes Baillie

Cornelia Krutz-Arnold

Gewidmet der *Capricious*, die dahingegangen ist

Inhalt

Freiheit!

Reene merkte, dass ihr das aufgesetzte Lächeln allmählich zu verrutschen begann. Aber sie zog krampfhaft die Mundwinkel hoch und dachte: Warum fahren sie nicht endlich?

Die beiden Autos warteten auf der unbefestigten Sandstraße, seit die Sonne aus dem Meer emporgestiegen war. Jetzt stand sie schon hoch am Vormittagshimmel. Wenn das so weiterging, würden die Autos noch um Mitternacht dastehen.

Ihr Vater schlug mit der Hand auf das Dach seines silbernen Peugeots. „Na, jetzt wird's aber Zeit. Los, fahren wir!"

Immerhin hatte er's versucht.

Und Nina, seine Freundin, leistete auch einen Beitrag. Sie hatte die Tür aufgemacht und schwang ein Bein in den Wagen.

„Nun ja, jetzt ist wohl ..." Mr Foster, Ians Vater, bewegte sich wie ein Nilpferd im Schlamm, aber die Hauptsache war, dass er sich überhaupt in Bewegung setzte. Er trat an seinen alten, blauen Falcon und klapperte mit den Schlüsseln.

Aber Mrs Foster, Ians Mutter, verharrte so reglos wie ein Felsblock. „Und du willst wirklich nicht mitkommen, Ian? Ihr beide nicht?"

Reenes Lächeln erlosch endgültig. Es konnte immer noch passieren, dass Mrs Foster sie und Ian nach Mackay mitschleifte, zu den Omas und Opas, wo stundenlang Tee getrunken und geredet wurde. Und dann wollten sie sich noch ein langweiliges Theaterstück ansehen. Ian konnten sie ja ruhig mitnehmen, das wäre sogar richtig toll. Aber wenn Ian mitkam, würde es darauf hinauslaufen, dass auch sie mitmusste. Und Ian konnte nicht klein beigeben.

Ian schob seinen mageren Körper dicht an Reene heran, so als wollte er sich von ihr Unterstützung holen. Er setzte ein schwaches Lächeln auf. „Nein, Ma. Ich komm schon klar."

Sehr gut, dachte Reene und strich sich eine Strähne ihrer dunklen Haare aus dem Gesicht.

„Ich mache mir eben Sorgen." Mrs Foster warf einen Blick zu den windzerzausten Strandhäusern am Berghang hinter den Dünen. „Außer den Kindern ist niemand mehr in Albatross Beach."

Reenes Lächeln strahlte wieder auf.

„Nur keine Bange, Alice", sagte Mr Foster und machte jetzt endlich die Wagentür auf. „Reene ist ein vernünftiges Mädchen."

Nina sah Reene an und zog eine Augenbraue hoch, so als wüsste sie etwas von ihr, was den anderen verborgen war.

„Das will ich ihr auch geraten haben", sagte ihr Vater.

„Möchtest du deine Großeltern denn nicht am Flughafen begrüßen, Ian?", fragte Mrs Foster.

„Gib jetzt Ruhe, Alice!", sagte Mr Foster. „Das haben wir doch alles besprochen. In den beiden Autos können wir nicht die Kinder und die alten Herrschaften und dazu noch das ganze Gepäck unterbringen. Alles klar?"

Mrs Foster senkte den Kopf, so als wäre sie müde.

„Ich begrüße Oma und Opa dann hier, an unserem ganz speziellen, privaten Strand", sagte Ian. „Das ist viel schöner als am Flughafen."

„Also dann, können wir jetzt?" Reenes Vater stieg in den Peugeot.

Aber Mrs Foster blieb immer noch auf der Straße stehen und betrachtete das blaue Meer und den blauen Himmel. Außer dem Kondensstreifen eines Flugzeugs war am Himmel weit und breit nichts zu sehen.

„Was ist denn noch, Alice?", fragte Mr Foster mit einem leisen Seufzer.

„Der Sturm ..."

„Ich hab ja gewusst, dass du jetzt wieder damit anfangen würdest! Der Sturm ist vorüber. Stimmt doch, Ted, oder?"

Reenes Vater nickte. „Wally hat sich erledigt."

„Ja", fiel Mrs Foster schnell ein. „So haben sie ihn genannt, Wally. Und das ist nun mal ..."

„Wally ist nur ein Name", sagte Reenes Vater. „Kein Mensch hat sich davor gefürchtet, bis auf diese Angsthasen vom Wetterdienst. Um Townsville herum hat der Sturm ein paar Bäume umgerissen, und das war's auch schon. Jetzt ist er weitergezogen, tobt sich mitten auf dem Pazifischen Ozean aus und wird dort still für sich sterben. Ende der Geschichte. Komm jetzt, fahren wir los!"

„Aber man beobachtet ihn weiter."

„Man beobachtet auch immer noch den Mars, ob's

dort nicht vielleicht doch kleine, grüne Männchen gibt." Reenes Vater schlug die Tür zu. Er ließ den Motor an, und Nina rutschte auf den Beifahrersitz.

„Ich möchte nicht ..."

„Alice, wir wollen uns doch nicht lächerlich machen", sagte Mr Foster.

Mrs Foster schien immer noch zu schwanken.

Reenes Vater lächelte ihr zu. „Mach dir keine Sorgen, Alice. Mit Zyklonen kenne ich mich aus. Wally zählt nicht. Du wirst nie wieder etwas von ihm hören. Ich fahr jetzt." Er schlug mit der flachen Hand außen an die Wagentür, winkte Reene kurz zu, und dann schaukelte der Peugeot auf der holprigen Straße davon.

Mr Foster stieg eilig in seinen Wagen, fummelte mit den Schlüsseln herum und schaffte es, den Motor in Gang zu bringen. „Komm jetzt, Alice, sonst holen wir sie nicht mehr ein."

Mit einem tief besorgten Gesicht ließ Mrs Foster sich langsam auf den Sitz gleiten. Mr Foster warf ihr einen Blick zu, dann wandte er sich an Ian, der am Straßenrand stand. „Und du reiß dich zusammen, Junge. Keine Dummheiten mehr, okay?"

Ian starrte zu Boden.

„Okay?"

„Ja", murmelte Ian.

„Hey, Reene, du hast ein Auge auf ihn, ja?"

Reene zuckte mit den Schultern.

Der Falcon ratterte die Straße entlang. Mrs Foster schaute durch die Heckscheibe zurück.

Als Reene sich abwandte, hatte sie Ians breites Grinsen vor sich.

„Super!“, sagte er. „Wir sind ganz allein. Was machen wir jetzt?“

Reene würgte ihn ab. „*Wir* machen überhaupt nichts, ich bin doch nicht dein Kindermädchen. Ich leg mich mit einem Buch an den Strand und lese. Tschüss!“

Sie nahm kaum wahr, dass der Kondensstreifen oben am Himmel auseinander gerissen wurde.

Ameisen

Reene streckte sich auf ihrem Badetuch aus und klappte das Buch zu. Sie hatte in New York einen Serienmörder gejagt und beendete die Jagd nur ungern. Aber sie hatte den Mörder überführt, und alles war vorbei. Sie steckte das Buch in ihre Strohtasche und langte nach einem Pfefferminzbonbon. Stattdessen erwischte sie einen kleinen Spiegel, der sich in der Bonbontüte verhakt hatte.

Wozu hast du den denn mitgebracht? Um dich für Ian schön zu machen? O Mann!

Höhnisch betrachtete sie sich im Spiegel. Dunkle Haare, kurz geschnitten, aber doch so lang, dass sie wirr um die Sonnenbrille hingen, die sie sich oben auf den Kopf geschoben hatte. Grüne Augen, Stupsnase, breiter Mund und ein Hauch von Sonnenbräune – aber die braune Haut schälte sich an den Rändern. Kein Gesicht, mit dem man eine Filmrolle kriegt, bei der man von einem Serienmörder gejagt wird. Nein, eher war das die Visage des Mörders, besonders mit diesen bösen, grünen Augen.

Wo Ian wohl steckte?

Sie schob sich die Sonnenbrille wieder auf die Nase und schaute zu den Dünen hoch. Von ihrem Platz mitten am Strand konnte sie oben auf den Dünen die Kuppe aus Gräsern sehen. Das Gras war so reglos, als bestünde es aus grünem Glas.

Hinter den Dünen erhoben sich die Strandhäuser. Nun ja, drei davon waren eindeutig Hütten. Eine war aus Holzfaserplatten gebaut, die beiden anderen aus trockenen, ausgebleichten Schalbrettern. Alle drei hatten ein Wellblechdach und Wände, von denen die Farbe abblätterte. Sie standen seit schätzungsweise einem halben Jahrhundert hier. Die anderen vier Häuser waren in einem etwas besseren Zustand. Auf halber Höhe stand ein bunt bemaltes Schweizerhäuschen, als wartete es hier auf Schnee. Und hinter der Holzfaser-Hütte war ein niedriges Holzhaus, ein Bungalow, in dem die Fosters wohnten.

Rund um den Bungalow war keine Spur von Ian zu entdecken. Reene fischte noch mal nach einem Pfefferminzbonbon, förderte eins zu Tage und packte es aus.

Weiter oben am Hang standen zwei Pfahlbauten, ein leuchtend gelbes Haus, das nicht so aussah, als ob es schon fertig wäre, und eins aus grünem Holz und glitzerndem Glas – das gehörte ihr . Nun ja, es war nicht ihr Haus und auch nicht das ihres Vaters. Sie hatten es für eine Woche gemietet, bis zum Schulbeginn, der diesmal um eine Woche verschoben war. Bei den Fosters war es genauso. Sie waren in Albatross Beach, weil Mr Foster jemanden kannte, der Strandhäuser besaß, und Mr Foster und ihr Vater waren befreundet.

Und weil die beiden Freunde waren, wurde von ihr erwartet, dass sie sich mit diesem nervigen Knaben anfreundete. Aber da konnten sie lange warten!

In Albatross Beach war weit und breit nichts von Ian zu sehen.

Vielleicht hätte ich doch netter zu ihm sein sollen, dachte Reene.

Sie zog die Nase kraus und wandte sich dem offenen Meer mit den auf und ab tanzenden Möwen zu.

Abgesehen von den sieben Häusern der Siedlung gab es hier nichts. Für einen Liter Milch musste man fünfunddreißig Kilometer weit fahren.

Aber wenn sie lieb und nett zu dem Knaben gewesen wäre, hätte sie ihn dauernd am Hals gehabt. „Wollen wir Krebse fangen? Komm, wir erforschen die Klippen! Meinst du, hier kann man schwimmen, oder ist das zu gefährlich?" Das wäre so, als hätte sie einen kleinen Bruder. Und dabei war er gar nicht so klein – einen halben Kopf größer als sie. Na ja, auch eine wohlgenährte Maus war größer als sie.

Eine mächtige Welle schoss hoch empor und schlug an den Strand. Fast konnte Reene die Wucht des Aufpralls im Sand spüren. Eine komische Welle. Irgendwo da draußen war wohl ein riesiges Schiff vorbeigefahren.

Aber die Welle war keine Einzelerscheinung. Eine zweite Woge hob sich aus dem tiefen Wasser und brandete an den Strand, wobei sie die kreischenden Möwen in die Luft schleuderte. Die Möwen wirbelten herum und stiegen in sichere Höhen empor. Reene sah ihnen dabei zu und entdeckte die dünnen, weißen Wölkchen, die in ihre Richtung über den Himmel jagten.

Okay, das Wetter ist doch nicht so perfekt, dachte sie. Aber es genügt auch so.

Ein Schatten fiel über sie.

Sie wandte den Kopf und sah Ian neben sich stehen. Er hatte sich unbemerkt an sie herangeschlichen. Ein Junge mit rotblonden Haaren, Sommersprossen und einem unsicheren Ausdruck in den Augen. Im günstigsten Fall konnte man ihn als dünn bezeichnen, aber aus Reenes Blickwinkel war er die reinste Bohnenstange.

„Was machst du da?“, fragte er leicht nervös.

Reene zögerte. Hinter ihrem Buch konnte sie sich jetzt nicht mehr verschanzen, das war außerhalb ihrer Reichweite in der Tasche verstaut. Aber sie hatte sich auch tatsächlich Sorgen um ihn gemacht, wenigstens ein bisschen. Sie hatte keine Lust, Mr Foster sagen zu müssen, dass ihr sein blöder Sohn abhanden gekommen war.

„Nichts Besonderes. Magst du ein Bonbon?“

Ian dachte über Reenes Antwort nach und kam zu dem Ergebnis, dass sie freundlich gemeint war. Er langte in die Bonbontüte und ließ sich in den Sand plumpsen.

„Du beobachtest die Vögel“, sagte er.

Reene stieß einen kleinen Seufzer aus. „Die Möwen.“

Ian legte sich hin und schaute zu den wirbelnden Möwen hoch. „Ich habe Ameisen beobachtet.“

„Sehr schön.“

„Die waren total verrückt, kamen nur so aus allen Löchern geschossen. Die Möwen sind auch völlig durchgeknallt.“

Die Möwen veranstalteten ein Höllenspektakel über dem Strand. Sie umkreisten einander, schlugen mit den Flügeln, und in ihrem Kreischen lag ein verwirrter Zorn.

„Ach, haut bloß ab!“, rief Reene den Möwen zu.

„Was?“

Reene bemerkte Ians gekränkten Gesichtsausdruck. „Du doch nicht. Die Möwen!“

Er setzte ein unsicheres Lächeln auf. „Heute sind alle ganz komisch. Sogar die Krebse in den Tümpeln am Felsen kommen aus dem Sand, rennen herum und buddeln sich wieder ein.“

„Vielleicht fallen uns solche Sachen nur deshalb auf, weil die alten Herrschaften nicht da sind.“

Ian schüttelte den Kopf. Es war das erste Mal, dass Reene bei diesem Jungen eine entschiedene Reaktion erlebte.

„Ich beobachte immer alles“, sagte er. „Heute ist alles anders.“

„Wirklich?“ Reene fiel ein, dass Ian an den Tümpeln am Felsen gewesen war, als sie sich bei Sonnenaufgang auf die Veranda geschleppt hatte. Und wenn sie in den Dünen spazieren ging, fand sie überall seine Fußstapfen.

„Vor allem die Ameisen. Willst du dir das mal ansehen?“

„ Äh ...“ Sie hatte keine Lust, aber der Junge sah sie aus weit aufgerissenen Augen an. „Wie weit ist das denn?“

Jetzt grinste er und war nahe dran, in die Hände zu klatschen. „Gar nicht weit, gar nicht weit. Gleich dort drüben, wo die Klippe bis ans Wasser reicht.“

Seufzend rappelte sich Reene aus dem Sand hoch. „Albatross Beach in Queensland ist wahrscheinlich wirklich anders als Brighton Beach in Melbourne.“

Ian nickte bestätigend, während er sie zu der roten Klippe führte. „Alles ist anders. Der Sand ist weißer, das Wasser ist grüner, die Muscheln sind größer und bunter ..."

„Und die Ameisen benehmen sich anders."

Misstrauisch sah Ian sie an. „Die Ameisen benehmen sich heute völlig anders als gestern. Sie unterscheiden sich von den Ameisen in Melbourne sehr viel mehr als die gestrigen Ameisen."

„Ist ja gut, ich wollte dich nicht hochnehmen." Aber genau das hatte sie versucht.

„Und schau dir diese Federwolken an!" Ian zeigte zu den faserigen Wolken hoch, die der Sonne entgegenjagten.

„Diese Wolken hab ich auch in Melbourne schon gesehen. Und zwar massenhaft!"

„Aber nicht solche. Ich hab es noch nie erlebt, dass Wolken so schnell dahinziehen. Das ist Wahnsinn!"

Reene zuckte mit den Schultern. „Uns braucht das aber nicht zu jucken. Ich kann noch nicht mal einen Windhauch spüren. Merkst du was?"

Ian hielt die Hand hoch, als wollte er einen Fisch aus der Luft fangen. Kurz darauf musste er sich jedoch geschlagen geben, und er ließ die Hand wieder sinken. „Also, da oben weht jedenfalls Wind."

Er führte Reene zum Sockel der roten Klippe und hockte sich vor ihr hin.

Reene blickte über die felsige Plattform hinweg und sah zu, wie die Wellen an der Kante abprallten, um dann krachend an den Strand zu schlagen. Wasser löste sich von den Wellen und floss über die Plattform zu den flachen Tümpeln. Im Augenblick war kein günstiger Zeitpunkt, um zu den Tümpeln hinauszugehen.

„Siehst du?“

Reene sah zu Ian hinunter. Der Junge zeigte auf den Felsen und machte ein richtig besorgtes Gesicht.

„Ah, ja“, sagte sie. Aber im ersten Augenblick konnte sie außer dem roten Felsen nichts entdecken.

„So geht das schon seit Stunden.“

Und dann sah sie, wie ein langer Felsstreifen sich langsam zur Seite bewegte. Nein, das war kein Fels, das waren Ameisen. Keine schmale Reihe, sondern eine schwarze Woge, die sich über die gesamte Felswand ergoss. Die Ameisen kamen aus mehreren Ecken und Nischen. Sie strömten die Klippe empor, weg vom Strand.

„Wie erklärst du dir das?“, fragte Ian.

„Sie ziehen um.“

„Ja, aber warum?“

Reene sah an den Markierungen nach, welche Höhe das Wasser bei Flut erreichte. Sie zuckte mit den Schultern. Selbst der höchste Wasserstand würde noch drei, vier Meter unter den Nischen liegen. Das ergab alles keinen Sinn.

„Vielleicht war die Miete zu hoch“, sagte sie.

Albatross Beach

Reene überließ Ian seinen Ameisen und ging zum Mittagessen nach Hause.

Aber so einfach war das nicht; in Albatross Beach war das nie so leicht. Sie ging über das Halbrund aus Sand zurück, um ihr Badetuch und die Strohtasche zu holen.

Das Badetuch hängte sie sich über die eine und die Tasche über die andere Schulter. Dann sah sie zum Weg zwischen den Dünen empor, zum Berg hinauf, am Schweizerhäuschen und den Hütten vorbei, auch am Bungalow der Fosters ging es noch weiter, bis ihr Blick an ihrem Haus angelangt war. Es stand auf mageren Metallpfählen und funkelte ihr mit seinen Fenstern entgegen, als entstammte es dem *Krieg der Sterne*.

Langsam ging Reene über den Strand zurück. Sie freute sich über den leichten Anstieg im Sand, bevor die eigentliche Anstrengung begann. Ihr Vater war die Dünen einmal tatsächlich hinauf*gerannt*. Wahrscheinlich hatte er Nina vorführen wollen, wie jugendlich er noch war. Aber als er das Haus erreicht hatte, war sein Gesicht lila angelaufen, und er japste nach Luft wie ein gestrandeter Fisch. Danach machte er das nie wieder. Sie würde den Weg Schritt für Schritt zurücklegen und ohne Keuchen oben ankommen.

In gemächlichem Tempo stieg sie die halb verschütteten Holzstufen zwischen den Dünen empor. Dennoch atmete sie schwer, als sie oben auf der Kuppe angelangt war. Aber im Rücken spürte sie ein frisches Lüftchen. Sie drehte sich um und ließ sich von dem leichten Wind die Haare aus dem feuchten Gesicht wehen.

Ian saß immer noch an der roten Klippe und betrachtete seine Ameisen.

Und er hatte den Sturm mit keinem Wort erwähnt.

Reene schaute hoch. Die Federwolken bedeckten jetzt den ganzen Himmel. Um die Sonne lag ein großer Ring; sie hatte einen Hof und strahlte nicht mehr so viel Hitze aus.

Vielleicht hatte er das Wort nicht aussprechen wollen. Für den Fall, dass er den Sturm damit herbeirief.

So ein blöder Knabe.

Du hast aber auch nichts gesagt, nicht wahr?

Reene runzelte die Stirn und wandte sich dem Horizont zu. „Hallo, Wally", sagte sie.

Das Lüftchen wurde stärker. Feiner Sand von den Dünen wirbelte um sie herum.

Ach, hau doch ab.

Mit halb geschlossenen Augen setzte sie ihren Aufstieg fort.

Nun ja, die Wolken und die großen Wellen konnten wirklich von Wally stammen. Eine Art Abschiedsgeschenk. Aber die Ameisen? Die wussten doch nichts von Zyklonen.

Reene bedachte das Schweizerhäuschen mit seinen grünen Fensterläden und dem aus Ziegeln gemauerten Schornstein mit einem bösen Blick, während sie langsam daran vorbeiging.

Und *du* weißt auch nichts, dachte sie und betrachtete dabei das Schweizerhäuschen. Wartest mit deinem dämlichen Schornstein auf Schnee – hier in den Tropen.

Und natürlich musste irgendein bekloppter Albatros von den Meeren der Südhalbkugel hierher fliegen, damit ein Strand nach ihm benannt wurde. Aber hier oben bekam alles Mögliche die verrücktesten Namen. Zum Beispiel wurde ein Sturm Wally genannt.

Auf dem Sandweg zwischen dem Schweizerhäuschen und der Holzfaser-Hütte blieb Reene stehen. Sie keuchte ein wenig und schaute mit finsterem Blick zu ihrem Haus hoch.

Vielleicht sollte ich einfach hier warten, dachte sie. Womöglich kommt Wally ja doch und lässt das Haus zu mir herunterrutschen.

Jetzt konnte sie die Fenster nicht mehr sehen, nur die dünnen Pfähle und die dunklen Balken, die den Boden trugen.

Ihr Vater hatte mit Wally ganz Recht gehabt. Wally, der Zyklon. Hörte sich kolossal an und war doch nur eine aufgeblähte Maus.

Reene kletterte wieder weiter.

Aber vielleicht dachte dieser blöde Knabe nicht an Wally, die aufgeblähte Maus. Wenn er die Ameisen und die Federwolken betrachtete, dachte er vielleicht an Wally, den Hurrikan. An Wally, den Taifun. An Tracy.

Darüber hatte sie einiges gelesen. Der Zyklon Tracy war vor einigen Jahren am Weihnachtsabend über die Stadt Darwin hereingebrochen und hatte sie dem Erdboden gleichgemacht. Es sah aus, als wäre die Stadt von tausend Bomben getroffen worden.

Während Reene an der Holzfaser-Hütte und dem Bungalow der Fosters vorbeiging, dachte sie an Tracy und Wally. Vielleicht konnte sie ja doch Verständnis dafür aufbringen, dass Ian sich wegen der durchgeknallten Ameisen Sorgen machte.

Beim Gehen stieß Reene ihre Knie mit den Händen nach unten. Schließlich kam sie an den Pfählen an, auf denen das Haus ruhte. Als sie sich der Fußbodenebene näherte, wurden die Pfähle immer kürzer. Sie hatte das Gefühl, als käme sie von tief unten im Wasser und tauchte zwischen den Trümmern eines Schiffbruchs zu einer tropischen Insel empor.

Schließlich trat sie auf die Straße, auf der heute Morgen die Autos gestanden hatten. Jetzt war das Haus kein hohes Gebäude mehr – es war ein niedriger Bungalow, der sich hinter Gebüsch und einer Palme verbarg.

Auf wackeligen Beinen trat sie durch die Tür und ging zum Kühlschrank. Sie goss sich ein Glas Limo ein, schnappte sich ein Eis am Stiel und stieß mit dem Knie die Verandatür auf. Sie konnte ja verstehen, dass Ian nervös war, aber ihr machte Wally kein Kopfzerbrechen.

Der Wind stieß sie einen Schritt zurück, und sie riss den Mund auf, atmete in tiefen Zügen die kühle Luft ein. Dann schob sie sich durch die Tür und ließ sich in einen Liegestuhl fallen.

Gestern war sie sogar richtig enttäuscht gewesen, als Wally die Richtung zum offenen Meer einschlug.

Unter dem Verandageländer konnte Reene das ganze Meer sehen, die lang gestreckten, bogenförmigen Wellen aus der Tiefe und das helle Wasser am Ufer, wo die Wogen zu Schaum wurden. Über dem Wasser tanzten immer noch die Möwen und schossen, vom Wind herumgeschubst, in die Gischt hinab.

Ian war jetzt nicht mehr an der roten Klippe, aber sie konnte seine Fußspuren sehen, die von den Ameisen wegführten, eine Düne hinauf.

Vermutlich hatte er einen Grashüpfer gefunden, der ihm noch mehr Angst einjagte. Gleich würde er angelaufen kommen und schreien, dass der Weltuntergang nahte. Lächelnd sah Reene zum Himmel hinauf, der immer weißer wurde.

Die Sache ist nur: Wovor hat er eigentlich Angst? Wally ist doch nichts als Wind und Wasser.

Reene leckte an ihrem Eis und betrachtete das Meer.

Wally könnte sogar richtig Spaß machen ...

Ein schwarzes Wolkenband verdunkelte den Horizont.

Warten

Wolken türmten sich am Himmel auf. Schwarze Burgen ragten auf hohen Bergen empor und wurden gleich darauf wieder auseinander gerissen. Wirbelnd sausten die Fetzen in tiefe Schluchten hinab. Der Wind brüllte wie ein Tier und fegte mit eisigem Fauchen über die Dünen hinweg.

Reene verzog sich ins Haus. Kaum hatte sie die Fliegentür geschlossen, prallten tausende von kleinen, geflügelten Insekten dagegen. Am Fenster war es genauso. Die Insekten scharrten am Fliegengitter, als versuchten sie mit aller Macht zu ihr zu gelangen. Sie wich zurück und machte die Glastür zu. Mit einem leisen Surren stiegen die Insekten auf. So plötzlich, wie sie gekommen waren, verschwanden sie wieder, aber Reene ging nicht wieder hinaus.

Ein Licht flackerte auf und bewegte sich zwischen den Wolken, als rieben dort oben am Himmel irgendwelche Gegenstände aneinander, sodass Funken entstanden. Dann löste sich ein Blitz aus einem dunkelgrünen Abgrund, zuckte über den Himmel und stürzte sich ins Meer. Drei Sekunden später dröhnte ein so gewaltiger Donnerschlag, dass das ganze Haus davon widerhallte.

Wo ist der Junge nur? Wieder schaute Reene durch die

Glasscheibe zu Strand und Klippe hin. Immer noch keine Spur von ihm.

Reene kehrte dem heraufziehenden Gewittersturm den Rücken zu und ging zum Kühlschrank, um sich etwas zu trinken zu holen. Als sie die Tür aufmachte, warf das Licht des Lämpchens im Kühlschrank Schatten durch den Raum. Erst in dem Augenblick wurde ihr bewusst, wie dunkel es am Nachmittag geworden war.

Wo steckt er? Hockt wahrscheinlich oben auf der Klippe und sieht zu, wie das Gewitter heraufzieht. Und merkt erst dann, dass es auch ihn treffen kann, wenn der Blitz ihm die Haare versengt! Sieht sich das wie eine Fernsehsendung an und rührt sich erst in der Werbepause vom Fleck.

Der Wind fegte wieder über die Dünen hinweg, wirbelte Sand hoch und fuhr mit lautem Tosen ins Haus.

Mr Foster will, dass ausgerechnet du bei dem Knaben Händchen hältst, weil er eben der Typ ist, der das braucht. Spaziert allein davon, schaut in den Himmel hinauf und sieht Tiere in den Wolken, beschäftigt sich stundenlang mit diesen blöden Ameisen. Ein richtiges Sensibelchen, auf das man aufpassen muss. Die Sache ist nur die – in ein paar Monaten ist er genauso alt wie du. Ist das zu fassen?

Die ersten Regentropfen wurden waagerecht ans Fenster gepeitscht, mit einer solchen Wucht, dass Reene zurückwich.

Okay, der Knabe braucht also Aufsicht. Aber warum gerade dich? Mr Foster hätte ihn nach Mackay mitnehmen sollen, anstatt ihn hier bei dir zu lassen, damit du dir Sorgen um ihn machen musst.

Heftiger Regen rüttelte am Fenster, zog Streifen durch die zarte Staubschicht auf der Scheibe und spülte sie ab, bis sie glänzend sauber war. Es war, als wollte der Regen dafür sorgen, dass Reene das wütende Toben am Himmel auch ganz bestimmt in aller Deutlichkeit sah.

Aber Mr Foster war der Ansicht – sie alle waren der Ansicht, dass es richtig nett war, die Kinder einmal sich selbst zu überlassen. Schließlich hätten sie ja so viele gemeinsame Interessen. Ja, genau, wie eine Ente und eine Katze!

Reene versuchte, sich vom Gewittersturm abzulenken und nicht mehr an Ian zu denken. Sie wandte dem Toben da draußen den Rücken zu und setzte sich hin, mit einem neuen Buch und einer Schoko-Milch. Aber sie hörte ständig ein Zischen, so als scharrte Sand über Glas, und durch das Brausen des Windes drang ein dumpfes Hämmern an ihr Ohr. Um weiterlesen zu können, musste sie Licht anmachen, aber die Lampen begannen zu schaukeln, und die Schatten bewegten sich mit ihnen. Jetzt blieb nichts mehr still.

Vielleicht ist er zu sich nach Hause in den Bungalow gegangen, dachte sie. Wieso auch nicht? Wahrscheinlich ist er schon seit dem ersten Windhauch dort. Und jetzt sitzt er mit einem Becher Kakao vor dem Fernseher.

Sie stand auf und trat an das Fenster in der Seitenwand. Von dort aus konnte sie die Kokospalme sehen, die vor dem Bungalow der Fosters fröstelnd hin und her schwankte. Die Blumen an der Tür trommelten mit ihren Blütenblättern an die Wand. Es brannte kein Licht im Haus.

Okay, das muss ja nicht heißen, dass er nicht da ist.

Ganz und gar nicht! Dieser Knabe würde auf die Uhr sehen, und wenn es vier war, würde er sich denken, dass die Sonne erst in drei Stunden unterging und dass es deshalb jetzt noch nicht dunkel sein konnte. So einer wie er brachte es fertig, die Dunkelheit im Haus für Einbildung zu halten. Und jetzt saß er bestimmt da, starrte angestrengt in ein Buch und versuchte dahinter zu kommen, was dort stand.

Reene erwog, zu dem Bungalow hinüberzugehen, aber schon nach zwei Schritten wäre sie völlig durchnässt. Und wahrscheinlich würde sie auch noch umgeweht. Sie machte das Fenster auf und schrie in den Wind hinaus. Ihr Ruf wurde zu ihr zurückgeworfen, und der Regen peitschte ihr schneidend ins Gesicht. Sie knallte das Fenster wieder zu, wischte sich mit dem Arm das Gesicht ab und ging zum Telefon.

Sie wählte die Nummer der Fosters an und wartete. Durch den Wind war das Klingeln zu hören, ein gespenstischer Laut, aber niemand nahm ab.

Schließlich legte sie den Hörer wieder auf. Dabei versetzte sie der Küchenzeile einen leichten Tritt.

Zur Hölle mit dem Knaben!

Sie setzte sich hin und versuchte wieder zu lesen. Aber der Wind rüttelte am Haus, wie ein riesiges Kind, das einen Wutanfall hat.

„Scher dich weg, Wally", stieß sie durch die zusammengebissenen Zähne hervor.

Es könnte auch sein, dass Ian verletzt ist, dachte sie. Vielleicht liegt er unter einem umgestürzten Baum! Was soll ich nur tun?

Sie schaute zum Meer hinaus, zu der dunklen Wasserfläche, die von langen, funkelnden weißen Säumen zerrissen wurde.

Nein, das macht keinen Spaß. Was jetzt? Geh ich hinaus, klammere mich an Bäumen und Sträuchern fest, um am Boden zu bleiben, und sehe zu, ob ich ihn finden kann? Und wo fange ich mit der Suche an? Er ist ein solcher Idiot.

Dann wurde die Eingangstür weit aufgerissen ...

Telefone

Ian stand in der Tür. Er war triefend nass, und in seinen Augen lag ein grauer Schatten.

„Hast du das gesehen?", fragte er. Dabei musste er gegen das Jaulen des Windes anschreien.

„Komm rein!" Reene zog ihn ins Haus und schlug die Tür zu.

Ian schaute auf ihre geballte Faust, die sich in seinem Hemd festgekrallt hatte. „Du zitterst ja", sagte er erstaunt.

Reene ließ sein Hemd los und stieß ihn von sich weg. „Um mich geht's jetzt nicht. Wo hast du nur gesteckt?"

„Ich hab in den Klippen eine Stelle gefunden." Er zuckte mit den Schultern. „Dort hab ich rumgehangen."

„Den ganzen Nachmittag? Hast du nicht gesehen, was sich da zusammenbraute?"

„Nein. Dort drüben ist alles ruhig."

Einen Augenblick lang wurde der Himmel weiß und blau. Das Meer mit seinem gewaltigen Seegang war wie erstarrt. Dann folgte ein Donnerschlag, der das ganze Haus erzittern ließ.

„Und das hast du nicht gesehen?“, schrie Reene.

Ian wandte den Blick von dem tobenden Sturm zu Reenes Gesicht. „Jetzt kommt er doch, nicht wahr?“

„Er kommt? Er ist schon da!“

„Hat jemand angerufen?“

„Ich habe angerufen. Ich hab bei dir zu Hause angerufen. Es war niemand da.“

Erstaunt hob Ian den Kopf. „Du hast mich angerufen?“

Reene hielt seinem Blick stand, aber gleich darauf drehte sie sich wieder der tobenden See zu. „Das musste ich doch, oder? Du hättest Gott weiß wo sein können.“

Ian sah zu Boden. „Und sonst hat niemand angerufen?“

„Nein.“

„Jemand hätte versuchen müssen, uns zu erreichen ...“

Reene ging von ihm weg und legte die Hand an die Fensterscheibe der Veranda. „Man kann richtig spüren, wie das Glas sich biegt.“

„Was ist im Radio gekommen?“

„Im Radio?“

Ian stellte das Radio an, das auf der Arbeitsplatte der Küchenzeile stand. Es knackte und zischte ihn zornig an, war wie ein Echo des Lärms rund um das Haus.

„So wird es auf allen Sendern sein, bis der Sturm sich gelegt hat“, sagte Reene. Ganz so, als hätte sie gewusst, dass der Empfang gestört war, und als hätte sie das Radio deshalb nicht eingeschaltet. Und nicht etwa deshalb, weil sie nicht daran gedacht hatte.

Ian fummelte an den Knöpfen herum und bekam eine Männerstimme herein, die mühsam gegen das Fauchen ankämpfte.

„... unmittelbare Gefahr durch den Zyklon. Aber wenn die ganze Familie ein paar Stunden zusammenarbeitet und Sie Ihre Vorbereitungen gut organisieren, können Sie Ihre Chancen beträchtlich erhöhen. Schalten Sie im Radio oder Fernseher die Nachrichten ein. Sichern Sie Ihr Haus, indem Sie darauf achten, dass alle Türen und Fenster fest verschlossen sind. Entfernen Sie die Bilder von den Wänden und räumen Sie alle losen Gegenstände weg, sie können zu tödlichen Geschossen werden ..." Und dann rollte der Sturm über die Stimme hinweg.

„Die Warnung ist schon alt", sagte Reene. Sie war verärgert, ohne so recht zu wissen, warum.

Über die hoch aufgetürmten Wellen fegte eine dunkle Linie auf Albatross Beach zu, ein grauer, schwerer Vorhang aus windgepeitschtem Regen.

Ian versuchte, die Stimme im Radio wieder hereinzubekommen. Als ihm das misslang, stellte er das Radio auf ein niedriges Bücherregal. Dann machte er sich daran, den Tisch abzuräumen, auf dem noch Reenes Teller vom Mittagessen und ihr Glas standen.

„Was machst du da?"

„Was der Mann gesagt hat."

„Dafür ist es zu spät. Hier kommt er, hier kommt er!"

Der Vorhang über dem Meer glitt beiseite, und der Sand von Albatross Beach wirbelte hoch in die Luft. Die Grasbüschel auf den Dünen wurden flach auf den Boden gedrückt. Sie schlugen wild um sich und rissen ihre Wurzeln aus dem Sand. Auf dem Dach des Schweizerhäuschens flatterte ein einzelner Ziegel wie ein Papierfetzen hin und her.

Ian packte Reene am Arm.

„He, warte mal!"

„Weg vom Fenster, Reene!"

Die Holzfaser-Hütte begann zu zittern.

Reene ließ sich von Ian hinter das Sofa ziehen und nach unten drücken, aber sie schaute dem Treiben weiter zu.

Im Fensterrahmen bewegten sich die Scheiben. Reene konnte genau sehen, wie sich das Glas im Wind bog. Der Liegestuhl, in dem sie es sich noch vor kurzer Zeit mit einem Eis bequem gemacht hatte, flog jetzt durch die Luft. Er polterte über die Veranda, machte sich dann davon und flog wie eine große Fledermaus über das Holzhaus der Fosters. Die Kokospalme der Fosters bog sich hintenüber und hämmerte auf das Dach ein.

Das ist es jetzt, dachte Reene. Jetzt ist er wirklich da.

Ihr fiel auf, dass niemand – weder Ian noch sie selbst oder der Mann im Radio – den Zyklon jetzt noch „Wally" genannt hatte. Wally war ein freundlicher Name. Ein Wally war jemand, mit dem man spielen konnte und über den man sich lustig machte. Wenn der Sturm weit draußen auf dem Meer stattfand, war der Name Wally ganz in Ordnung, aber nicht jetzt – nicht, wenn er rings um einen herumtobte und an Fenstern riss, die nur wenige Schritte entfernt waren.

Wally war jetzt „der Zyklon" geworden.

Die Fenster barsten. Die Luft war erfüllt von glitzernden Messern, und jetzt war der Zyklon bei ihnen im Zimmer.

Reene barg ihr Gesicht in der Sofapolsterung und machte die Augen zu. Sie hatte das Gefühl, als wäre sie zu einem Teil des Sturms geworden. Ein heulendes Brüllen hämmerte ihr unablässig in den Ohren, bis sie ganz taub davon wurden. Alles um sie herum war in Bewegung, faltete sich zusammen, zitterte oder wich langsam zurück. Es war, als wäre das Haus wie ein Päckchen Karten in die Luft geschleudert worden, und die Karten flögen jetzt in alle Richtungen auseinander.

Als Reene die Augen aufmachte, sah sie, dass Ian ihr etwas zurief, aber sie konnte nur den Wind hören und sonst nichts. Sie sah Ian an und zuckte mit den Schultern.

Ian beugte sich so weit vor, dass er schon fast an ihrem Ohr knabberte. Er schrie, war aber nur ganz schwach zu hören, wie aus weiter Ferne. „Sie müssen doch zurückkommen!"

„Die Eltern?"

„Darüber wissen sie bestimmt Bescheid!" Reene nickte. O ja, dachte sie. Mein Vater weiß über Zyklone Bescheid, nicht wahr? Und wann hat er denn jemals einen Zyklon gesehen? Wieder so ein Spruch, was, Dad? Was erzählst du Mrs Foster denn jetzt?

„Sie kommen zurück", sagte sie.

Die Holzfaser-Hütte am Hang explodierte. Einfach so. Gerade noch stand sie bebend im Sand, und im nächsten Moment war sie nicht mehr da, bestand nur noch aus kleinen Teilchen im Wind. Nichts mehr davon übrig.

„... wenn sie bis hierher durchkommen."

Unter Ians Händen hob sich das Sofa in die Höhe. Reene sah seine flammenden Augen, dann warf er sich der Länge nach auf das Sofa. Einige Sekunden lang ritt er darauf durch die Luft. Schließlich sprang auch Reene auf. Eine Weile hüpfte es noch herum, glitt danach aber wieder zu Boden.

„Meinst du, wir sind hier drinnen in Sicherheit?“, fragte Ian keuchend.

Sie sah die tiefen Schatten in seinem Gesicht, aber ihr blieb nichts anderes übrig, als den Kopf zu schütteln. „Es gibt nirgends Sicherheit.“

„Mein Vater würde wissen, was zu tun ist.“

Reene schnaubte verächtlich. „O ja. Deshalb haben sie uns ja auch hier zurückgelassen, damit wir in den Sturm geraten. Sie alle miteinander.“

„Das haben sie doch nicht gewusst.“

„Ja, genau das ist es: Sie haben es nicht gewusst. Mein Vater zum Beispiel hat es auch nicht gewusst. Er weiß nie etwas, aber das gibt er nicht zu ... Glaubst du, sie wissen jetzt mehr?“

Ian senkte den Blick. „Mein Vater würde Bescheid wissen.“

„Ha!“

Über einen Teppich aus Glasscherben schleiften sie das Sofa zur Küchenzeile, die zumindest ein bisschen Schutz bot. Nasse Schauer liefen ihnen über den Rücken. Reene fragte sich, wie lange das wohl noch so weitergehen würde.

Ian setzte sich auf. Er war ganz verkrampft.

„Was ist denn?“

„Hör doch! Hör doch nur!“ Ian fuchtelte mit den Händen, als wollte er dem Zyklon bedeuten, er solle doch still sein.

Und dann konnte Reene es hören, ganz schwach und fast erstickt von dem unablässigen Brüllen des Sturms. Das Telefon klingelte. Nicht hier im Haus – sie konnte das graue Telefon sehen, das stumm an der Wand hing. Nein, das Klingeln war dort draußen im Sturm.

Es kam aus dem Bungalow der Fosters.

„Das sind sie." Ian zog die Beine an und machte sich dazu bereit, in den Zyklon hinauszulaufen.

Aber Reene erwischte ihn an seinen Shorts und zog ihn wieder hinunter. „Wenn sie es sind ..."

„Sie sind es. Das Klingeln kommt aus unserem Haus."

„... dann können sie sich denken, wo wir sind. Sie werden auch hier anrufen, okay?"

Ian versuchte, sich aus ihrem Griff zu winden. Schließlich hörte er mit seiner Gegenwehr auf und nickte. Er setzte sich wieder, starrte im flackernden Licht des Sturms aber unablässig zu dem Holzbungalow hinüber.

Das Telefon klingelte noch lange weiter. Bei jedem Klingeln, das schwach zu ihnen herüberdrang, nahm die Verzweiflung in Ians Gesicht zu. Reene war heilfroh, als es endlich aufhörte. Sofort huschte Ian im Krebsgang zum Telefon an der Küchenwand und wartete.

Draußen hoben haufenweise Dachziegel vom Schweizerhäuschen ab, flogen wie ein Schwarm verängstigter Vögel davon. Ein Brett sauste durch die Luft und bohrte sich wie ein Speer durch den Stamm der Kokospalme vor dem Haus der Fosters. Etwas knallte bei ihnen gegen die Haustür, und das Licht ging aus.

„Das musste ja so kommen", sagte Reene.

Stumm saß Ian im Dunkeln und behielt das Wandtelefon im Auge. Das Telefon klingelte nicht.

Das Ziegeldach des Schweizerhäuschens löste sich auf, der Wind trug die letzten Reste davon.

Mit stumpfem Blick starrte Ian seine Finger an. Ein paar Sekunden lang erzitterte das ganze Haus, wie ein Zug, der durch einen Tunnel rast.

Das Telefon klingelte nicht.

Ian rappelte sich hoch und klammerte sich dabei an der Wand fest. Er nahm den Hörer ab, lauschte – und in seinem Gesicht erstarb etwas. Er legte auf, knallte den Hörer mehrmals hintereinander heftig auf die Gabel und lauschte dann wieder.

„Es ist tot", sagte er.

Wally

Ian ließ sich vom Wind zum Sofa zurückschieben. Schweigend setzte er sich neben Reene.

„Du hättest umkommen können, wenn du zu dir nach Hause ans Telefon gegangen wärst", sagte Reene.

Statt einer Antwort fuhr sich Ian mit der Hand über das Gesicht.

„Sieh mal, was können sie schon sagen?", fragte Reene. „‚Seid vorsichtig, sucht Schutz vor dem Sturm'? Das machen wir doch alles. ‚Nur keine Bange, wir kommen ...'?"

Ian sah Reene aus großen Augen an. „In diesem Sturm?" Und dann veränderte sich sein Gesichtsausdruck, so als hätte er hinter dem schaukelnden Haus etwas gesehen.

Ein Brett löste sich von der Veranda.

Seufzend verließ Reene die Sicherheit des Sofas und krabbelte durch die Küche. Sie kam am Radio an, zog den Stecker aus der Dose und kehrte mitsamt dem Radio zum Sofa zurück. „Vielleicht hören wir ja, was los ist."

In der grellen Dunkelheit musterte Ian zuerst Reene und dann das Radio.

Reene fing seinen Blick auf. „Der Strom ist ausgefallen, stimmt's? Ich bin nicht plötzlich blöd geworden. Das Ding hat auch Batterien."

„Ach", sagte Ian und sah zu, wie das Schweizerhäuschen Stück für Stück auseinander genommen wurde.

Ohne Dach hatte es nichts mehr, was den Sturm aufhalten konnte. Der Wind fuhr mitten in das Gebäude hinein, in Schlafzimmer, Badezimmer, Toiletten, und stemmte die Wände voneinander weg.

Ian schüttelte langsam den Kopf. „Sie können unmöglich auf der Straße sein."

„Hey, hey. Sie kommen. Ganz bestimmt. Dafür sorgt schon deine Mutter."

„Nein. Sie kommen hier nicht durch. Ich will nicht, dass sie hierher kommen. Nicht durch diesen Sturm da draußen!"

Das Brett wand sich auf der Veranda hin und her und schlug krachend gegen das Geländer.

„Ach ja", sagte Reene leise. Sie fummelte am Radio herum. Auf allen Sendern schien es nichts als Rauschen zu geben, und auch davon waren nur Fetzen zu hören.

„... ist Wally an Land gekommen", krächzte eine Frauenstimme. „Mit einer Geschwindigkeit von zweihundert Stundenkilomet..."

Reene drehte an den Knöpfen des Radios wie ein Einbrecher am Safe.

„Bei diesem Sturm würden sie doch nicht fahren", sagte Ian. „Das können sie gar nicht."

„Schwere Überschwemmungen haben die Straßen zwischen Mackay und Prosperine unpassierbar ..."

„Okay, du hast Recht, sie können nicht nach Hause kommen", sagte Reene. „Darum ging es bei dem Anruf."

„... Seenotrufe eingegangen. Häuser wurden zerstört, und viele Bäume sind umge..."

„Ich ..."

Etwas knallte gegen die Seitenwand des Hauses und verdrehte den Fensterrahmen. Die Scheibe zersplitterte. Das war vermutlich das letzte heile Fenster im ganzen Haus gewesen.

„Was?", rief Reene durch das Tosen des Sturms.

„Nicht so wichtig!"

„Ich kann dich nicht verstehen!"

„Nicht so ..." Ian heftete den Blick auf den Verandaboden und sah zu, wie sich die Bretter von einem Ende bis zum anderen wellenförmig hoben und senkten. Es war, als spielte der Sturm auf der Veranda wie auf einem Klavier. „Was können wir tun?"

„Tun? Wir bleiben hier und halten durch! Was sonst?"

Das erste Brett auf der Veranda stellte sich senkrecht auf und schlug gegen den leeren Fensterrahmen, bis es schließlich davonwirbelte.

„Ich glaube nicht, dass es noch lange durchhält."

„Das Unwetter?"

Ian schüttelte kurz den Kopf. „Das Haus! Ich glaube nicht, dass es stehen bleibt."

Der Boden unter Reene bewegte sich. Es fühlte sich an, als versuchte ein gewaltiges Tier hindurchzubrechen. „Verdammt, verdammt, verdammt!", flüsterte sie vor sich hin.

„Vielleicht sollten wir in mein Haus gehen!", rief Ian.

„Warum? Willst du auf den nächsten Anruf warten?"

„Sie haben immerhin schon mal angerufen."

„Was soll das? Wir sind auf uns allein gestellt."

„Das weiß ich auch! Ich möchte nur wissen, dass mit ihnen alles in Ordnung ist."

„O Mann. Sieh mal, sie haben doch versucht, uns anzurufen, oder? Dazu waren sie in einer sicheren Telefonzelle oder vielleicht in einem Betongebäude, vermutlich sogar außerhalb der Reichweite des Sturms. Mach dir mal lieber um uns Sorgen, okay?"

„Das will ich aber nicht." Und er brachte ein schwaches Lächeln zu Stande.

Reene riss die Hand vom Fußboden weg und schrie vor Schmerz auf.

„Was ist denn?"

Sie leckte an ihrer Handfläche. „Er hat mich gebissen!"

„Wer hat dich gebissen?"

„Der Boden!"

Die Bretter hoben und senkten sich wie das Meer bei niedrigem Seegang. Sie öffneten sich, wenn der Wind durch die Ritzen brauste, und schlossen sich wieder. Die Wände knarrten laut.

„Es hält nicht mehr länger stand!", schrie Ian.

Einen Augenblick lang ballte Reene ihre rechte Hand so fest zusammen, dass die Faust ganz weiß wurde. Dann ruckte sie kurz mit dem Kopf, ein einziges, zorniges Nicken. Sie bewegte sich vom Sofa fort. Und sofort packte sie der brüllende Sturm und schleuderte sie seitlich gegen die vordere Wand. Ihre dunklen Haare wirbelten ihr in einer wilden Gewitterwolke ums Gesicht, und sie rang japsend nach Luft. Sie zog den Kopf ein und schob sich wie eine verkrüppelte Spinne an der Wand entlang. Gegenstände droschen auf sie ein und scheuerten ihr die Haut auf. Es kam ihr wie eine Ewigkeit vor, doch schließlich erreichte sie die Haustür und langte hinauf, tastete nach dem Türknauf.

In dem Augenblick, in dem sie den Knauf berührte, ging die Tür auf, flatterte hin und her und schoss dann Purzelbäume über die Straße. Reene drehte sich um und versuchte, Ian zu sehen, aber das war unmöglich. Sie hatte sich zum Sturm umgedreht, und der Wind verschloss ihr die Augen, versiegelte sie geradezu. „Mach schon!“, schrie sie. „Mach zu! Los!“

Etwas klopfte ihr auf die Schulter. Das war Ian, das Gesicht verzerrt und patschnass.

Reene kroch durch die Türöffnung, auf das Haus der Fosters zu. Es war nur zwanzig Meter weit weg, aber jetzt war es einen halben Kontinent entfernt. Als sie nach einem Busch tastete, hörte sie einen dumpfen Knall und schaute auf.

Die verschalten Wände des Foster-Hauses dehnten sich wie ein Luftballon. Dann verschwand das Dach, war einfach weg. Die Wände flogen kreuz und quer über die weißen Dünen.

Hilflos schaute sich Reene nach Ian um. Er sah aus, als hätte ihm jemand ins Gesicht geboxt. Und hinter ihm hob sich der Fußboden von ihrem Haus in die Höhe und schleuderte das Sofa und das Radio an die Decke. Ein paar Sekunden lang hielten Decke und Dach noch stand, dann kam ein heulender Windstoß, und alles war verschwunden, Dach, Fußboden und Wände – das ganze Haus.

O Gott, dachte sie, was machen wir jetzt?

Unsicher zwinkerte Ian mit den Augen. Dann nickte er, als hielte er mit sich selbst eine Diskussion ab, und gab Reene ein Zeichen.

„Was?“, schrie sie, aber der Sturm riss ihr das Wort von den Lippen, sodass es den Trümmern des Hauses hinterherwirbelte.

Ian machte kehrt und kroch fort. Dabei klammerte er sich an Pflanzen und Wurzeln fest. Unterwegs hielt er inne und blickte durch den peitschenden Regen zurück, um sich zu vergewissern, dass Reene ihm folgte.

„Schon gut“, brummte sie und fing an zu kriechen.

Es war unglaublich schwierig, Ian zu folgen. Reene kam es so vor, als bewegte er sich über den Sturm hinweg und manchmal auch schräg in ihn hinein. Er verließ die Straße und tauchte in die Dünen ein, wo ihm waagerechte Streifen aus Sand und Wind entgegenwehten. Bei den brennenden Peitschenhieben, die auf sie herabsausten, konnte Reene nicht erkennen, ob sie vom Sand oder vom Regen kamen. Es ließ sich nicht beurteilen, was schlimmer war. Sowohl der Regen als auch der Sturm ließen ihren mühsam vorwärts torkelnden Körper vor Kälte fast erstarren. Und manchmal konnte sie kaum einen Meter weit sehen. Sie kroch so schnell wie möglich, damit sie Ians Fuß berühren konnte.

So was Blödes!, dachte sie. Wir hätten uns an einer Palme festklammern und dort warten sollen, bis der Sturm vorüber ist.

Während sie sich durch eine Bodenwelle zwischen den Dünen vorwärts tasteten, tobte die ärgste Wucht des Sturms über ihren Köpfen hinweg. Doch das hielt nur kurz an, dann drehte sich der Wind zur Seite, und sie waren wieder mittendrin. Das donnernde Tosen der Brandung war jetzt lauter als der Wind und der Regen.

Was macht er denn nur?, dachte Reene. Wir krabbeln direkt auf den Ozean zu. Sollen wir uns wie die Lemminge ins Meer stürzen?

Sie erhaschte einen Blick aufs Meer, und was sie dort sah, erschreckte sie noch mehr als der Anblick der vom Sturm zerstörten Häuser. Albatross Beach war verschwunden. Es war nichts mehr da, nur noch ein Hexenkessel aus brodelnder Brandung, die gegen die Dünen schlug. Ein Blitz ließ einen Augenblick lang etwas Großes, Schwarzes in den Wellen erkennen, aber Reene kam nicht dahinter, worum es sich handelte.

Ian zupfte sie an den Haaren und kroch vom Meer fort, zur raschelnden Kuppe eines Sandwalls und einer Felsmauer. Der Sturm stieß Reene flach gegen den Felsen. Erschöpft schloss sie die Augen und gab auf.

Aber Ian zerrte sie seitlich weg, sodass ihr Körper am Fels entlangscharrte.

„Lass mich in Ruhe.“ Reene machte die Augen einen Spalt breit auf. Ian sah irgendwie komisch aus. So als ob er grinste.

Sie wich zurück und landete stolpernd in der Luft.

Zuflucht

„Bist du okay?“, schrie Ian. Das nahm Reene zumindest an; ihr dröhnten die Ohren, und sie konnte daher nur erahnen, was er ihr zurief.

Mit gerunzelter Stirn zwinkerte sie mehrmals mit den Augen. Einen Augenblick lang überkam sie das sonderbare Gefühl, aus einem tiefen Schlaf zu erwachen. Alles kam ihr so anders vor. Der tosende Sturm war noch da, aber er war jetzt leiser – sie konnte ihren Herzschlag hören. Ihr peitschte kein Regen mehr ins Gesicht, und sie hatte trockenen – jawohl, trockenen – Sand an den Fingern.

Sie setzte sich auf.

Ian grinste sie immer noch an. Sein Gesicht war noch nass, aber nicht mehr so triefend wie vorhin. „Ist das nicht super?“

Reene sah sich um. Sie war von dunklen Felswänden umgeben, die über ihrem Kopf einen Bogen bildeten.

„Eine Höhle“, sagte Ian. „Ich hab sie vor ein paar Tagen entdeckt. Hier kann uns niemand etwas anhaben.“

Ein kleiner Teil des Sturms war ihnen hier hereingefolgt, aber das war gar nichts, nur ein Luftwirbel und ein paar Regentropfen in einer Ecke der Höhle. Und die Luft hier drin war sogar warm.

„Ganz annehmbar“, sagte Reene und wrang den unteren Teil ihres Hemds aus.

Ian strahlte, als hätte sie ihm einen Orden verliehen.

„Als ich die Höhle fand, hab ich mir gleich gedacht, dass sie mal nützlich werden könnte."

„Zum Beispiel als Unterschlupf bei einem Zyklon."

Das Leuchten in Ians Gesicht erlosch. „Zum Beispiel, wenn meine Eltern sich gegenseitig anschreien."

„Das machen sie?"

Ian nickte. „Manchmal bewerfen sie sich auch mit Gegenständen."

„Von so was hab ich aber gar nichts mitbekommen."

„Zur Zeit läuft es ganz gut."

„Ach ja, sie sind ja im Urlaub." Reene legte eine Pause ein. „Mein Vater zerreißt dann Papier, in ganz kleine Schnipsel."

„Zumindest sieht es so aus, als ob es gut läuft. Aber ich war etwas in Sorge."

„Weshalb?"

„Zu Hause weiß ich, wo ich hinkann. Da ist die Garage, und wenn es allzu schlimm wird, gibt es immer noch den Park. Dort ist es ganz gut. Ich kann im Mondschein stundenlang am Klettergerüst herumturnen und so tun, als wäre ich ein Werwolf. Aber hier kannte ich ja nichts, wusste über nichts Bescheid."

Reene dachte daran, wie Ian ständig Streifzüge unternahm. „Danach hast du also gesucht."

„Ich musste einen Ort finden." Er zuckte mit den Schultern. „Für alle Fälle."

Reene sah ihn unsicher an.

„Einen Ort, wo ich meine Ruhe haben kann", fügte er hinzu.

Durch das Tosen des Sturms ertönte ein donnernder Knall, den Reene durch den Fels hindurch spürte.

Ian fuhr zusammen und beugte sich vor. „Was war das denn?"

„Eine schöne Ruhe hast du hier!"

„Na, immerhin etwas."

Reene musste lächeln und merkte selbst, dass es ein etwas schiefes Lächeln war. „Komisch", sagte sie.

„Was findest du so komisch?"

„Dich. Vorhin hast du dir solche Sorgen darum gemacht, dass deine alten Herrschaften in den Sturm geraten sein könnten. Aber du hast diese Höhle gesucht, damit du vor ihnen abhauen kannst."

„Na und? Ich hab ein paar Probleme mit ihnen – soll ich deshalb hoffen, dass der Sturm sie erledigt, oder was?"

„Nein, darum geht es doch gar nicht. Es war einfach nur komisch."

Schweigend saß Ian da, sah Reene an und hörte zu, wie Steine aneinander rieben, bis dieses mahlende Geräusch sich mit dem Sturm vermengte.

„Tut mir Leid", sagte er.

„Was denn?"

„Dass ich so über meine Eltern geredet habe. Sie sind immerhin beide da."

„Oh. Ach. Hör mal, mach dir darüber keinen Kopf. Meine Eltern sind auch beide da, nur zu unterschiedlichen Zeiten. Jetzt ist mein Vater dran, mit seiner Freundin Nina und seinem Urlaub. Nächste Woche ist meine Mutter wieder an der Reihe. Dann geht das normale Leben los, mit Schule und so, aber ich hab doch so eine Art Geschenk erhalten."

„Trotzdem ..."

„Im Grunde kommen Scheidungskinder am besten weg. Hast du je mitbekommen, dass mein Vater mit mir rumgeschrien hätte? Nein, und das wirst du auch nie zu hören bekommen. Ich werde wie eine junge Dame behandelt, wie eine intelligente junge Dame. Meistens redet mein Vater mit mir über sein Leben, aber manchmal spricht er auch ein Problem an, mit dem er sich herumschlägt. Und das macht er so, als könnte gerade ich die Lösung dafür wissen. Und Nina – na ja, sie weiß, dass sie nett zu mir sein muss, nicht wahr? Also bin ich auch nett zu ihr. Was man da alles erfährt! Und meine Mutter? Früher war sie mürrisch und hat dauernd nur gemeckert. Jetzt sind wir die meiste Zeit wie Schwestern. Vor allem, wenn wir einkaufen gehen!"

Ian rang sich ein Lächeln ab. „Meinst du, ich müsste nur meine Mutter dazu bringen, sich von meinem Vater scheiden zu lassen, und dann würde er mich nicht mehr anschreien?"

„Warum macht er das denn?" Reene streckte sich im trockenen Sand aus.

Ian zuckte mit den Schultern. „Meistens bin ich selber schuld. Ich bin eben blöd."

„Nein ...", murmelte Reene schwach. Und dabei fielen ihr die Augen zu.

„Hey ...", flüsterte Ian quer durch die Höhle.

Irgendetwas stimmte nicht, aber Reene kam nicht dahinter, was es war.

„Hör mal", flüsterte Ian.

„Hau ab. Sonst kann ich nichts hören."

„Doch."

Genau! Reene ging ein Licht auf. Sie flüsterten und konnten das hören. Vom Zyklon war nichts mehr zu vernehmen. Kein Wind war zu hören und auch nicht das Tosen der Brandung oder das Scharren des aufgewirbelten Sands. Nichts davon.

Reene rappelte sich hoch und lief auf wackeligen Beinen zum Eingang. „Es ist vorbei! Der Sturm hat sich gelegt ..."

Sie traten hinaus in das helle Licht des frühen Morgens. Blinzelnd versuchten sie, Schatten und Formen auszumachen.

„Oh!" Sie konnten nur staunen.

Das Wrack

Mit zusammengekniffenen Augen kam Reene hinter Ian aus der Höhle. Das helle Licht schnitt ihr schmerzhaft in die Augen. Das Unwetter war immer noch sehr nahe: Von den Bergkuppen jagten schwarze Wolken zum hohen Himmel empor, ballten sich zusammen und blähten sich auf. Aber sie selbst blieben vom Sturm unbehelligt. Reene spürte die Wärme der Sonne an Armen und Beinen, und oben am Himmel konnte sie ein paar blaue Stellen ausmachen. Und es wehte kein Wind, nicht der leiseste Lufthauch regte sich.

Aber das war anders gewesen.

Reene schaute hoch, an den verwehten Dünen vorbei bis zu der Stelle, wo die Häuser gestanden hatten. Dort war nichts. Kein einziges Haus stand noch, und es gab kaum genügend Überbleibsel, die darauf hätten hinweisen können, wo einmal ein Haus gewesen war. Wo ihr Haus hätte stehen müssen, waren nur noch ein paar verbogene Pfähle auszumachen, und sie konnte den Kühlschrank sehen, der etwa zehn Meter weiter unten lag, vom Sand halb zugeschüttet. Ringsum lagen ein paar Balken verstreut, eine Betonplatte und ein Stück Wellblech. Auf einer Düne thronten die Reste eines Dachs, und mitten auf der Straße pendelte eine einsame Tür langsam hin und her. Es war, als handelte es sich bei den Dünen um eine Müllhalde, als hätte es Albatross Beach nie gegeben.

Sie war wie benommen. „Es ist weg“, sagte sie. „Alles weg.“

„Das ist nicht wirklich da.“ Ians Stimme hörte sich schwach an. Er war ein paar Schritte vorausgegangen und schaute über eine Felskante.

„Was denn?“ Reene trat neben Ian.

Draußen im Meer spielten die Wellen verrückt, türmten sich auf, verdrehten sich und knallten gegeneinander, ohne irgendeinen Sinn oder eine Richtung erkennen zu lassen. Aber an Land war es ruhig, so als gäbe es dort nichts mehr, was das Auseinandernehmen noch lohnte.

Albatross Beach war verschwunden. Der weiße Sand war von hohen Wellen aufgewühlt und weggeschwemmt worden. Nur ein von Felsen umgebenes Becken und ein paar Tümpel waren übrig geblieben.

Und ein Schiff.

Reene starrte das Schiff an. So halb und halb rechnete sie damit, dass es mit der Gischt verschwand.

Aber das war nicht der Fall.

Ein rotes Schiff, ein Frachter. In der kleinen Bucht von Albatross Beach wirkte es riesengroß. Zur Hälfte lag es noch im Wasser und bewegte sich in den Wellen auf und ab. Die andere Hälfte lag auf dem Fels. Der Zyklon hatte den Frachter gepackt und ihn wie ein Papierschiffchen auf den sandlosen Strand geschleudert.

Allem Anschein nach handelte es sich um ein älteres Modell. In Port Melbourne hatte Reene schon viele Frachtschiffe gesehen, aber das hier war anders. Bei den Frachtern in Port Melbourne war der Schornstein ganz weit achtern gewesen, und auch der Decksaufbau war so angebracht, dass es eine möglichst große Fläche gab, damit die langen Metallcontainer an Deck gestaut werden konnten. Aber dieses rote Frachtschiff war gebaut worden, bevor es so etwas wie Container gab. Der Decksaufbau bildete eine Insel, und der hohe, rotschwarze Schornstein ragte in der Mitte empor. Es sah schlanker und leichter aus als die anderen Schiffe und wirkte irgendwie zerbrechlicher.

„Das schauen wir uns an!“, rief Reene so laut, als müsste sie noch gegen den Sturm anschreien, und schob sich an Ian vorbei.

„Warte.“ Ian sah zu den schwarzen Wolken hoch. „Mein Vater hat mal was von Zyklonen erzählt ...“

„Dein Vater auch? Sie reden eine Menge, aber sie haben von nichts eine Ahnung.“

„Meinst du?“

„Das weiß ich. Komm schon.“ Reene lief die Düne hinunter.

Ian zuckte mit den Schultern und stapfte hinterher.

Als sie näher an das Frachtschiff herankamen, hatte

Reene das Gefühl zu schrumpfen. Es war kein großes Schiff, aber im Vergleich zu einem Mädchen hatte es gewaltige Ausmaße. Der Anker, der aus dem Bug ragte, war gut und gern zweieinhalbmal so groß wie Reene. Diese Dimensionen machten ihr zu schaffen. Zuerst war sie mit großen Sprüngen gerannt, aber je näher sie kam, desto mehr geriet sie ins Trödeln. Zwanzig Meter vor dem Schiff blieb sie schließlich stehen und wartete auf Ian.

„Aus der Ferne sieht es besser aus, meinst du nicht?" Reene sprach fast im Flüsterton.

„Es war mitten im Unwetter. Das muss mörderisch gewesen sein."

Das Schiff ächzte leicht, als die Wellen gegen das Heck schlugen.

„Ein richtiger Rostkahn", sagte Reene plötzlich, so als wollte sie sich den Frachter klein reden.

Von der Höhle aus war es ein rotes Schiff am Ufer eines glitzernden Meeres gewesen. Doch vom Bug aus betrachtet, erwies sich die rote Farbe nur als eine dicke Rostschicht, die sich in breiten Streifen vom Anker bis zu dem verbogenen Ruder erstreckte. Ursprünglich hatte der Rumpf einen schwarzen Anstrich gehabt, aber das musste schon lange her sein. Inzwischen hatte die schwarze Farbe dem Rost weichen müssen. Und die hohen Wellen und der Sturm hatten den Aufbau stark beschädigt.

Die Ladebäume am Heck waren beiseite gedrückt worden. Der vordere Kran hatte nicht einmal mehr Ausleger und bestand nur noch aus einem Gewirr von Stahlseilen, die an der anderen Schiffsseite herunterhingen. Im Bereich der Kommandobrücke hatten einige Fenster zerbrochene Scheiben, die Eisenstangen waren verdreht, und Seetang klebte bis hoch oben am Schornstein. Hinter dem Schornstein bogen sich zwei Haken über den Rumpf, als wollten sie angeln.

„Meinst du, dass hier noch jemand ist?“, fragte Ian.

Reene sah ihn scharf an. Dann holte sie tief Luft und schrie: „Hallo!“

Das Schiff knarrte laut.

Vorsichtig trat Reene näher. Den Blick auf die dunklen, scheibenlosen Fenster der Kommandobrücke geheftet, rief sie ein ums andere Mal.

„Keiner da“, sagte Ian.

Mit dem Finger stupste Reene gegen die beiden Haken hinter dem Schornstein und an die leere Halterung dazwischen. Ihr war gar nicht bewusst, wie erleichtert sie war. Sie lächelte. „Hier ist ein Rettungsboot losgefahren.“

„Wahrscheinlich ist das Schiff dort draußen gesunken. Die Mannschaft muss es mitten im Sturm verlassen haben ...“

Wieder sah Reene zu Ian hin. In seinen Augen lag ein Schatten, als sähe er vor sich, wie es gewesen war. Kleine Boote, die voller Verzweiflung hinuntergelassen wurden, in Wellen, die höher waren als das Schiff. Männer, die in die tobende See sprangen.

„Wo es wohl herkommt?“, fragte Reene, um die Bilder aus Ians Kopf zu vertreiben.

Er schaute zum Bug hoch, zu den verblichenen Buchstaben hinter dem Anker. „ *Sa...San Felipe*. Aus Spanien, Mexiko oder Portugal. Keine Ahnung.“

„Vielleicht kommt es von den Philippinen.“ Reene

wollte sehen, ob auf der anderen Seite noch mehr stand. Sie lief um den Bug herum und hielt plötzlich inne.

„Na?“

„Das ist jetzt egal.“ Reene sah gar nicht mehr zum Bug hin. „Schau dir das an.“

Vom vorderen Kran war ein langer Ausleger heruntergefallen. Er war am Rand des Rumpfs aufgeschlagen, sein unteres Ende hing ins Wasser. Die Seile, die Reene von der anderen Seite gesehen hatte, hielten den Ausleger an der *San Felipe* fest.

Ian kam um den Bug herum. Sein Blick war hinter den Ausleger gerichtet. „Ach, das zweite Rettungsboot?“

Reene schwenkte den Blick zum Schornstein hinüber, schaute an ihm vorbei. Von dieser Seite war ein Rettungsboot zu sehen, von dem die eine Hälfte zerschmettert war. Es hatte seine Halterung schon fast verlassen.

„Äh, nein“, sagte sie. „Das ist kaputt. Die Leute haben das andere Boot genommen. Nein, es geht um den Ausleger.“

„Na und? Das ist doch nur ein zerbrochenes Stück Eisen.“

„Nein, es ist nicht nur ein zerbrochenes Stück Eisen.“

„Ich seh doch, was es ist ...“

„Es ist eine Treppe. Es ist ein Eingang.“

Ian zwinkerte verdutzt, dann begriff er, was Reene meinte. „Das lässt du hübsch bleiben!“

Reene wusste, dass er eine Diskussion vom Zaun brechen würde, und diesmal würde er Recht behalten. Sie würde die Idee aufgeben müssen, die in ihrem Kopf Gestalt annahm.

Wenn sie auf ihn hörte. Mit einer raschen Drehung

wandte sie sich von ihm ab und watete zu dem herabgestürzten Ausleger.

„Reene!“

Sie schlängelte sich zwischen den zuckenden Seilen hindurch. Die *San Felipe* schaukelte hin und her.

„Du kannst da nicht rauf!“

Reene sprang auf den dicken, orangefarbenen Ausleger und klammerte sich an ihm fest. Eine niedrige Welle glitt am Schiffsrumpf entlang auf sie zu. Sie schwang ein Bein über den Ausleger – und er neigte sich unter ihrem Gewicht.

Gleich rutscht er runter und erschlägt dich, dachte sie. Spring ab!

Die Welle war noch drei Meter entfernt. Sie hatte eine Schaumkrone und kräuselte sich am Rand, langte nach ihr.

Er ist nicht verrutscht, die Seile halten ihn fest. Das heftige Schaukeln hat aufgehört.

„Komm zurück!“, rief Ian.

Wenn du abspringst, dachte Reene, erwischt dich die Welle und schleift dich über die kahlen Felsen ins tobende Meer hinaus.

Gerade noch rechtzeitig packte Reene ein Seil und zog sich am Ausleger hoch, sodass die Welle unter ihr hindurchglitt und brach. So schnell wie möglich hangelte sich Reene vom Wasser fort, auf den Rand des Rumpfs zu.

„Du bist bescheuert, ist dir das klar?“, schrie Ian von unten hoch.

Reene achtete nicht auf ihn. Eine Armlänge vom Rumpf entfernt hielt sie inne. Hier war ein Problem, das sie vom Strand aus nicht hatte sehen können. Der schwere Ausleger war in den Rand des Rumpfs gekracht und hatte die Stahlplatte verbogen. Wenn das Schiff sich bewegte, schaukelte auch der Ausleger hin und her und vertiefte dabei die Kerbe, die er geschlagen hatte. Wenn sie den Ausleger weiter hinaufkletterte, musste sie damit rechnen, dass ihre Körperteile heruntergefetzt wurden.

Sie glitt ein Stück hinunter und schaute von den tobenden Wellen unter ihr zu dem rostroten Seil, das sich ein wenig über ihr befand.

„Komm zurück, Reene. Sonst passiert dir noch was!"

„Scher dich weg", murmelte Reene und langte nach dem Seil.

Es war stachelig, so als wären dünne Drähte darin zerbrochen und hätten sich hochgestellt. Sie zerrte daran, befand es für stabil und stellte ihren linken Fuß auf den Ausleger.

„Also ..."

Während sie mit dem linken Fuß nach unten drückte, schwang sie den rechten Fuß vor. Das Seil schwankte in ihrer Hand. Dann stand sie auf dem Ausleger, eine Million Meter über dem Wasser, und der Ausleger versuchte sie abzuschütteln. Ihr linker Fuß rutschte ab, das Seil geriet ins Wackeln, ihr rechter Fuß fand Halt auf dem Ausleger, ihr linker Fuß fing sich wieder, und sie bekam zittrige Knie. Reene heftete den Blick auf den Ausleger, der auf und ab wippte und sich am Rumpf rieb. Sie machte einen Schritt und noch einen – und dann sprang sie.

Dabei stieß sie einen triumphierenden Schrei aus, der in der Luft in ein Kreischen umschlug.

An Bord

Das Deck der *San Felipe* lag um eine volle Körperlänge tiefer als die Reling. Reene hatte den Höhenunterschied nicht bemerkt, weil sie sich ganz auf den Ausleger konzentriert hatte, der sich immer tiefer in die Kerbe eingrub. Jetzt sauste sie wie ein abgestürzter Vogel auf das Stahldeck zu.

Aber sie plumpste mitten in eine dicke Taurolle. Sie schnappte nach Luft und schaute zum Himmel hoch.

„Reene?“ Ein schwacher Ruf.

„Wart's ab“, murmelte sie. Das ist kein Spaß, dachte sie. Und wie kommst du wieder zurück? Willst du springen? Später, später.

Sie lag in einem schmalen Durchgang zwischen der Bordwand und einer Metallwand. Über ihr ragte der Ausleger mit seinen Seilen empor. Sie zog sich an einem Seil seitlich an der Wand hoch und kam schwankend auf die Beine.

Die Wand bildete eine Seite einer viereckigen Öffnung, die mit einer verblichenen grünen Plane verschlossen war. Die Plane war festgezurrt und bedeckte lange Planken. Aber in der Mitte der Lukenabdeckung hatten die Planken nachgegeben. Unter dem Gewicht einer großen Wasserpfütze hing die Plane durch.

„Hey! Bist du okay?“

„Ja, ja.“

An einer Seite des Decks führten Stufen zu einem

höheren Deck und einem kurzen Mast, dem Flaggenstock des Schiffs. Zum Bug.

Du solltest Ian vom Bug aus zuwinken, dachte Reene. Sie trat einen Schritt vor und taumelte gegen die Wand des Laderaums.

Das Deck war zur Seite geneigt. Schon vom Strand aus hatte Reene bemerkt, dass das Schiff Schlagseite hatte, aber jetzt konnte sie die Neigung genau sehen. Selbst wenn sie die Augen schloss, konnte sie die Schräglage mit den Füßen ertasten. Es war, als spazierte man an einem Berghang entlang. War das der Grund, weshalb das Schiff an Albatross Beach gelandet war? Hatte das Schiff Schlagseite gehabt und war deshalb von der Mannschaft verlassen worden?

„Da bist du ja!" Ian saß rittlings auf dem Ausleger, ganz nah an der knirschenden, mahlenden Kerbe. „Warum hast du keine Antwort gegeben?"

„Hab ich doch. Verschwinde von dort!"

„Ich hab dich nicht gehört ..."

„Pass auf!"

Ian legte seine Hand an den Rand der Kerbe. Genau in diesem Augenblick fing der Ausleger leicht an zu schlingern. Ian jaulte auf und riss die Hand weg.

Und stürzte ab.

„Ian!", schrie Reene und rannte über das Deck.

Direkt unter dem Rand des Rumpfs bildete ein Seil eine Schlinge. Dort klammerte sich Ian fest. Er hatte den Mund weit aufgerissen, die Augen waren geschlossen.

Reene packte ihn an den Handgelenken. „Ich hab dich!"

Er machte die Augen auf, rutschte aber am Seil nach

unten und zog Reene mit. Sie knallte gegen den Rumpf und spürte, wie ihr seine Handgelenke zu entgleiten drohten.

„Mach doch was!“, schrie sie.

Ian sah sie an und blinzelte verständnislos mit den Augen.

„Ich kann nichts tun“, sagte sie leise.

In Ians Augen trat ein benommener Ausdruck.

„Verdammt noch mal!“, schrie sie ihn an. „Schwing dein blödes Bein wieder über den Ausleger!“

Erschrocken zuckte er zusammen. Aber er beugte sich zur Seite, spreizte sein Bein über den Ausleger und zappelte, bis er wieder oben saß. Es war ein bisschen so, als bestiege er ein Pferd.

„Okay“, sagte Reene schwach. „Jetzt kannst du wieder zurück ...“

Ian riss ihre Hände zu sich heran. Er trat gegen ein Seil und machte einen Satz auf Reene zu. Ineinander verknäult knallten sie aufs Deck.

Japsend lag Reene auf dem Rücken. Einen Augenblick lang sah es so aus, als suchte Ian etwas in ihren Augen. Dann schob sie ihn sacht von sich weg.

„Bist du verletzt?“, fragte sie. „Deine Hand?“

Ian hielt die Hand hoch, die er von der mahlenden Kerbe weggerissen hatte, und schüttelte den Kopf. „Sie wurde nur leicht gezwickt, das ist alles.“

Reene stand auf und putzte sich das Hemd ab. „Das wäre also geschafft.“

Ian trat an die Schiffsseite und schaute hinunter.

„Okay, du bist nicht abgestürzt. Vergiss es.“

Er sah Reene an, als wäre sie ein merkwürdiger Fisch.

Sie zuckte mit den Schultern und wandte sich dem Decksaufbau zu. Schwarzer Seetang hatte sich in der Takelage der Kräne verheddert. Sogar am Schornstein war Seetang, und an den Rändern des Schiffs, die der Sonne zugewandt waren, zogen sich dünne Salzstreifen entlang. An Deck gab es viele kleine Pfützen, die hin und her schwappten. Durch die Neigung des Schiffs hatte sich das Wasser dort gesammelt, und überall tropfte es.

So als wäre die *San Felipe* am Meeresboden gewesen, als der Zyklon sie gefunden hatte.

„Es ist so still, nicht wahr?“, murmelte Ian.

Der Aufbau sah wie ein heruntergekommenes Strandhotel aus, mit zwei Stockwerken und einem Penthouse oben auf dem Dach. Aber alle Fenster waren rund, bis auf die des Penthouses – das hatte viereckige Fenster. Die meisten Scheiben waren zerbrochen. Außerdem befanden sich dort noch der Schornstein, der Kran und die beiden Seilwinden.

Unbeholfen, mit torkelnden Schritten, ging Reene das niedrige Gässchen entlang. Sie kam an dem stark beschädigten Kran vorbei und an einer weiteren Lukenabdeckung und stieß schließlich auf eine Treppe, die zum Aufbau führte. Neben der ausladenden Seilwinde blieb sie stehen und folgte ihrem Seil zu einem Ausleger, der gegen den Kran vor dem Aufbau geschleudert worden war und sich dort verhakt hatte.

Das brauchst du doch alles gar nicht, dachte sie. Die modernen Häfen haben doch alle Kräne am Kai.

Aber wenn die *San Felipe* keine modernen Häfen anlief? Wenn sie an Orte fuhr, wo es keine moderne Technik gab ...

„Hallo!“ Ian hatte sie überholt und stand jetzt im überdachten Bereich seitlich des Aufbaus. Er rief in eine Türöffnung hinein.

Reene stieg die letzten Stufen hinauf. „Hier ist niemand“, sagte sie.

Ian sah sie unsicher an. „Ich hab aber was gehört.“

Sie stellte sich neben ihn, direkt vor den Eingang. „Was denn?“

„Das weiß ich nicht. Irgendwas. Hallo! Hört mich jemand?“

Innen verlief ein Korridor, der zur anderen Seite des Schiffs führte. Im Korridor herrschte das totale Chaos. Durchweichte Kleidung, Rettungswesten, Werkzeug und eine zerschmetterte Uhr lagen bunt durcheinander. Es war, als wäre hier eine Herde wild gewordener Büffel durchgegangen.

„Na, hörst du's jetzt auch noch?“, fragte Reene.

Ian beugte sich in den Korridor vor, wartete und zuckte dann mit den Schultern. „Nein. Jetzt nicht.“

„Komm, wir gehen rein.“

„Lieber nicht.“

„Wozu sind wir dann hierher gekommen, wenn wir nicht reinwollen?“

„Das könnte gefährlich werden.“

„Hör mal, wir sind auf das Schiff geklettert. Das war gefährlich. Alles andere ist jetzt nur noch ein Kinderspiel.“

„Aber ...“ Ian zuckte widerstrebend mit den Schultern und verstummte.

Reene trat in das Schiffsinnere.

Im Schiffsbauch

Schlagartig wurde es dunkler. Es war ein Schritt vom hellen Tageslicht in die Dämmerung.

Einen Augenblick lang lauschte Reene dem Tropfen und Knarren, dann drang sie langsam in den Korridor vor. Sie stieß ein zusammengeknülltes Hemd beiseite und sah sich nach Ian um, der immer noch im Sonnenschein stand.

„Kommst du?"

Er atmete tief durch und stapfte hinter ihr her.

Sie machte eine Tür auf und sah eine kleine, düstere Kajüte. Eine Koje und einen Tisch, der am Boden festgeschraubt war. Die Wand war mit Bildern voll geklebt. Reene ertastete einen Lichtschalter und knipste ihn nach oben und unten. Nichts tat sich.

„Kein Licht", teilte sie Ian mit.

„Ach, man sieht schon was, wenn man sich an das Dämmerlicht erst mal gewöhnt hat." Ian schaute Reene über die Schulter und betrachtete die Bilder an der Kajütenwand.

Erst jetzt sah Reene, dass lauter nackte Frauen an den Wänden hingen. „Oh." Sie machte schnell die Tür wieder zu.

Ian zuckte mit den Schultern.

„Einverstanden?", fragte Reene verärgert.

„Ich hab sowieso nichts gesehen."

Als Nächstes öffnete Reene die Tür gegenüber und sah

breite Tische mit Plastikplatten. Das war eine Kantine, mit Bullaugen, die zum Bug hinzeigten. Sie trat ein. Als sie einen Stuhl verrücken wollte, stellte sie fest, dass auch die Stühle am Boden festgeschraubt waren. Und die Tische hatten ringsum einen kleinen Wulst – damit die Teller nicht hinunterrutschen konnten?

„Sie waren für eine Mahlzeit im Sturm gut ausgerüstet, meinst du nicht?", sagte sie.

„Für eine Mahlzeit? Ja." Ians Stimme hörte sich an, als wäre er mit den Gedanken ganz woanders.

„Aber ich hätte keine Lust, bei Sturm hier zu essen."

Ian schaute sich um, dann ging er mit schnellen Schritten an Reene vorbei.

„Was ist denn los?"

Ian wandte sich zu ihr zurück. „Wir haben heute früh nichts gegessen. Und gestern Abend auch nicht. Das hier ist eine Kantine, also muss es doch auch eine Küche geben, oder?"

Und mit einem Mal verspürte Reene einen Riesenhunger, so als wäre ihr schlafender Magen geweckt worden. Sie war nur einen Schritt hinter Ian, als er durch eine Schwingtür trat.

Die Küche stank nach verschütteter Rindssuppe. Bei jedem Schritt blieb Reene mit den Füßen am Boden kleben. Mühsam bahnten sie sich einen Weg durch das Durcheinander aus heruntergefallenen Küchengeräten. An der großen Kochplatte und dem Backofen vorbei kamen sie schließlich zum Kühlschrank und zu den Schränken. Im Kühlschrank fand Reene große Mengen von tiefgefrorenem Fleisch und Gemüse, aber nichts, was sich sofort essen ließ.

„Kekse!“ Ian holte eine offene, viereckige Dose aus einem Schrank und kippte sie über der Arbeitsfläche aus. Er raffte von der Gebäckmischung eine Hand voll zusammen und bot sie Reene an. Als er sich selbst davon nehmen wollte, zögerte er plötzlich.

„Was gibt's?“, fragte Reene mit vollem Mund und versprühte dabei Krümel.

„Das geht doch in Ordnung, meinst du nicht? Ich meine, wir stehlen doch nicht, oder?“

Reene wischte sich den Mund ab, betrachtete die Kekse und schaute dann zu Ian hoch. „Natürlich bestehlen wir niemanden. Ich finde, diese Kekse gehören uns!“

„Na, dann ist's ja gut.“ Und Ian nahm einen Happen.

„Allesamt. Und auch das Fleisch gehört uns und das Gemüse, die Dosen im Schrank, die grünen Bananen und die Töpfe ...“

„Jetzt mach mal halblang!“

„Nein, im Ernst. Ich hab darüber mal ein Buch gelesen. Dieses Schiff wurde auf See verlassen, weil die Mannschaft glaubte, dass es untergehen würde.“

„Ist es aber nicht.“

„Das spielt keine Rolle. Es ist ein Wrack unten am Meeresgrund. Wer es findet, kann sich alles nehmen, was er will. Also, wir haben es gefunden, und damit gehört die *San Felipe* uns!“

Ian hatte immer noch Skrupel. „Mir kommt das nicht richtig vor. Das ist so, als würde man ein verlorenes Portmonee finden. Das gehört doch jemandem!“

„Das ist kein verlorenes Portmonee! Es handelt sich um ein Schiff, das von Mann und Maus verlassen wurde. Dieses Portmonee wurde weggeworfen!“

„Ja-a-a ..."

Reene schnappte sich noch eine Hand voll Kekse und hakte ihren kleinen Finger in Ians Hemd. „Komm schon, wir müssen nachsehen, was unser Schiff so alles zu bieten hat." Widerstrebend kam Ian mit. Sie verließen die Küche und gingen wieder auf den Korridor hinaus. Reene entdeckte eine schmale Treppe mit Metallstufen, die nach unten führte.

„Ach nein", sagte Ian. „Es ist schon hier ganz schön düster. Da unten muss es wie im Kohlenbergwerk sein."

„Vielleicht liegen dort unten Gold und Edelsteine."

„Na klar! Es gibt hier kein Gold und keine Edelsteine."

„Aber vielleicht kistenweise Computer und Spiele aus Hongkong?"

Ian sagte nichts mehr.

„Das erfahren wir nur, wenn wir nachsehen!" Es klapperte laut, als Reene ein paar Stufen hinuntertappte.

„Warte, warte."

„Was willst du denn jetzt wieder?"

„Eine Taschenlampe. Wenn wir da runtergehen, brauchen wir Licht."

„Also, wir haben kei..."

„Vielleicht liegen in den Kajüten ein paar Taschenlampen rum."

„O ja!" Reene ärgerte sich, aber sie musste zugeben, dass Ian vermutlich Recht hatte. Sie kehrte in den Korridor zurück.

Ian ging noch mal in die Kajüte mit den nackten Frauen, während Reene hinter anderen Türen ihr Glück versuchte. Hinter einer Tür lag eine Kajüte mit zwei Kojen, einem angeschlagenen Waschbecken, einem gesprungenen Spiegel und einer offenen Kiste. Die Kiste war zur Hälfte gefüllt, aber nur mit zerrissener Kleidung und allerhand Plunder. Keine Taschenlampe. Eine andere Tür führte in einen begehbaren Schrank mit zusammengelegten Bettlaken, Handtüchern und Seemannskleidung.

Reene biss in einen Keks und sah an sich hinunter, betrachtete das Hemd, das ihr am Körper klebte. Angewidert verzog sie das Gesicht, zog schnell das Hemd herunter und trocknete sich so gründlich ab, wie es ging.

Was Ian wohl machte? Vermutlich glotzte er immer noch die nackten Frauen an.

Das feuchte Hemd in der Hand, betrachtete Reene die säuberlich zusammengelegten blauen und weißen Seemannshemden in den Schrankfächern. Dann schnappte sie sich ein weißes Hemd und zog es sich über den Kopf. Es strömte einen schwachen Geruch nach Öl aus und fühlte sich auf ihrer Haut ziemlich rau an, aber es war so trocken, dass der Stoff knisterte, und erstaunlicherweise war es ihr nicht zu groß. Es hing nur ein bisschen üppig an ihr herunter.

Sie hängte ihr Hemd an einen Haken und wandte sich zum Gehen. Gerade als sie auf den Korridor trat, kam Ian aus der Kajüte mit den nackten Frauen heraus.

„Hast du nur geguckt, oder hast du auch noch etwas anderes gemacht?“

Ian zeigte ihr eine lange, schwarze Taschenlampe und leuchtete ihr damit in die Augen.

„Okay, okay, gehen wir.“

Mit gerunzelter Stirn sah Ian sie an. „Hast du ein anderes Hemd angezogen?“

„Ja. Dahinten gibt es jede Menge Hemden. Allesamt trocken. Möchtest du dir eins holen?“

Ian überlegte und schüttelte dann den Kopf. „Ich bin ganz okay so.“

Reene machte sich daran, die Treppe hinunterzusteigen.

Anfangs war die Taschenlampe noch nicht nötig. Durch die Bullaugen drang Tageslicht herein. Unter dem ersten Korridor gab es noch eine zweite Ebene mit einem Korridor, auf dem ebenfalls Kajüten waren. Hier war das Chaos am Fußboden noch größer. Doch unterhalb des zweiten Korridors wurde alles anders. An den Wänden und der Decke zogen sich Rohre entlang, grüne Rohre, dünne Rohre, dicke Rohre und solche, die sich in alle Richtungen drehten und wanden. Ian knipste die Taschenlampe an. Ihr Strahl übernahm die Beleuchtung, während das Tageslicht immer mehr schwand. Im Schein der Taschenlampe wurde das Schiff zu einer Höhle mit vielen verschlungenen Gängen.

„Hey ...“ Ian schwenkte die Taschenlampe herum.

Reene blieb stehen. Es kam ihr so vor, als erstreckten sich die Rohre von ihr fort und als schlängelten sich die Metallstufen zwischen allerhand Messuhren zu einer verschwiegenen Höhle hin. „Pass doch auf“, sagte sie.

„Hast du das gesehen?“

„Was soll ich gesehen haben?“

„Das Licht von oben. Es ist weg. So als hätte jemand mit einem Schlag sämtliche Türen zugeknallt.“

„Ist doch egal. Wir sind sowieso auf die Taschenlampe angewiesen. Was haben wir denn da?“

Ian richtete den Strahl der Taschenlampe nach vorn.

Er entdeckte ein großes, silbernes Rohr, das wie ein Metallbaum aus dem Herzen des Schiffs durch die Decks nach oben ragte. Dort oben war der Schornstein. Der Strahl folgte dem Rohr zu einem grünen Gitterrost, der von etwas durchbohrt wurde, was wie eine Reihe von Robotern aussah: der Dieselmotor. Er sah neuer aus als der Rest des Schiffs. In der Nähe der Roboter gab es mehrere große Fässer – für Öl? – und etwas Glänzendes, das sich unter dem grünen Rost bewegte.

Reene kniff die Augen zusammen, als könnte sie durch das Gitter sehen. „Was ist denn ..."

Plötzlich schwankte der Boden unter ihren Füßen. Reene klammerte sich am Geländer fest. Sie spürte ein Beben, hörte ein tiefes, mahlendes Knirschen und begriff, dass sich das gesamte Schiff bewegte.

„Was ist denn nur los?", schrie Ian.

Ein merkwürdiges Geräusch ertönte. Reene drehte sich danach um, aber dann fiel sie plötzlich gegen Ian. Ihre Nase bohrte sich in seine Rippen, ein Auge war von seinem Hemd verdeckt. „Zum Teufel ...", zischte sie in seinen Bauch hinein.

Ian sah auf Reenes freies Auge herab. Mit einem Mal erstarrte sein Gesicht zu einer Maske des Grauens. Auf der anderen Seite des Rumpfs fegte etwas vorbei, ein verzweifeltes, wütendes Getöse, von dem das Schiff wie ein Weinglas geschüttelt wurde.

„Das Auge!", schrie Ian.

Reene löste sich von ihm. Genau in diesem Augenblick polterte etwas Schweres gegen den Schiffsrumpf. „Was war das?"

„Wie konnte ich das nur vergessen!" Die Worte flossen ineinander, vor lauter Panik sprach Ian nur noch unverständliches Kauderwelsch. „Mein Vater hat's mir gesagt, aber ich hab's vergessen! So was Blödes, so was Blödes! Der Sturm ist wieder da!"

In der Falle

Die *San Felipe* wand sich so heftig hin und her, dass der Kiel auf das harte Felsgestein von Albatross Beach hämmerte. Reene wurde ans Geländer geschleudert und dann zu Boden geworfen, auf die Trittroste der Stufen. Sie ließ das Geländer los und klammerte sich an einer Stufe fest, wobei sie außer den Händen auch noch Arme und Beine einsetzte.

Wie ein schwerer Mehlsack fiel Ian über sie. Er schlug mit dem Kopf an ein Rohr, krallte sich fest und kam auf die Beine.

„Hast du das gehört?", fragte Reene leise.

„Steh auf! Hoch mit dir!" Er packte sie am Arm und zog mit aller Kraft. „Wir müssen hier raus!"

Der Rumpf scharrte über den Fels, der unter dem Maschinenraum lag.

„Ist ja gut, ist ja gut!" Reene befreite ihren Arm aus Ians Griff und torkelte dabei quer über den Treppenabsatz. Benommen sah sie zu, wie Ian die Treppe hinaufzulaufen versuchte, während im Schiff alles wackelte und sich drehte. Mühsam kämpfte er sich von einer Stufe zur nächsten. Bei seiner Klettertour aus dem Maschinenraum spritzte ihm Wasser ins Gesicht – oder war das Öl?

Der Strahl der Taschenlampe schwenkte wild umher, als er ins Straucheln geriet und zu stürzen drohte. Aber inzwischen war Reene wieder wach geworden. Sie sprang schnell herbei und hielt ihn am Ellbogen fest.

„Der Sturm kommt noch mal wieder!“, rief sie ihm ins Ohr. „Wie ist das möglich?“

Ian schüttelte den Kopf. „Ich hatte mich geirrt. Er war die ganze Zeit da.“

„Was?“

Aber Ian kletterte weiter. Sie ließen den unteren Korridor hinter sich, aber immer noch fiel der schwankende Strahl der Taschenlampe in pechschwarze Finsternis.

Kein Tageslicht, dachte Reene. Jetzt haben wir wieder Mitternacht.

Und auch der Wind war wieder da. Im Korridor über ihnen konnten sie ihn heulen hören. Und sie spürten die ersten Anzeichen des Sturms, seine Kälte, die sprühende Gischt.

Ian hatte den oberen Korridor erreicht. Er trat in ein wirbelndes Gewirr aus Kleidungsstücken und Papier – der Müll, der auf dem Boden gelegen hatte, flog jetzt durch die Luft. Die Metalltür zerrte mit lautem Geklapper an dem Haken, der sie offen hielt. Geduckt kämpfte sich Ian zur Tür durch.

Reene hielt sich dicht hinter ihm, sodass sein Körper ihr Schutz bot. Aber dennoch machte sich die Kälte sofort bemerkbar.

An der Türöffnung blieb Ian stehen und ließ den Strahl der Taschenlampe umherwandern. „Oh“, sagte er.

Der heruntergefallene Ausleger – dieses große, schwere Stück Stahl – ritt wie ein Surfbrett auf den Wellen. In eine Woge aus Schaum gehüllt, stieg er von der *San Felipe* hoch, riss an den Seilen und schwenkte wieder zurück. Dabei scheuerte er in der Nähe des Ankers an der Reling entlang und riss ein Stück davon ab.

„Wir kommen hier nicht mehr runter“, sagte Ian. Er wirkte wie betäubt.

„Ich kann nichts sehen.“

Wellen schlugen gegen den Schiffsrumpf und erfüllten die Luft mit Gischt und fliegendem Schaum. Ian richtete den Strahl der Taschenlampe auf Albatross Beach, aber hinter dem Bug der *San Felipe* ließ sich nichts mehr erkennen.

Reene schüttelte den Kopf. „Es ist hoffnungslos“, sagte sie.

Unsicher ließ Ian den Strahl umherschweifen, dann richtete er ihn wieder zum Korridor hin.

„Die Brücke“, sagte Reene. „Von dort oben hat man Aussicht.“

Stolpernd lief sie durch den Korridor zu einer Treppe und stieg sie hinauf. Ian folgte ihr mit der Taschenlampe. Noch ein Korridor mit Kajüten und eine weitere Treppe, die neuer war, aber auch enger. Mit aller Kraft zog sich Reene die Stufen hoch und flog dabei von einer Wand an die andere.

Schließlich erreichte sie eine kleine Plattform, die nicht viel größer war als eine Telefonzelle, von der aber drei Türen wegführten. Die Tür vor ihr sah wie eine Schranktür aus, die zu ihrer Linken bot Ausblick auf den regengepeitschten Schornstein, daher stemmte sie sich gegen die Tür, die rechts von ihr lag.

Nein, auch in der Brücke der *San Felipe* hatten sie keine Aussicht. Eine Woge oder ein Gegenstand, der von den Wellen mitgerissen wurde, hatte zwei große Fenster eingeschlagen, und der Sturm wehte ihnen in die Augen. Reene konnte zerfetzte Seekarten ausmachen, die wie verkrüppelte Vögel umherflatterten, dunkle Bildschirme, einen Kompass, mehrere Messinginstrumente und ein großes, hölzernes Steuerrad. Dann knallte ihnen der Sturm die Tür ins Gesicht.

„Es ist noch schlimmer geworden", sagte Ian. „Wir können nichts mehr tun."

„Hey." Reene hatte sich wieder erholt. Sie boxte ihn leicht an den Arm und schaffte es sogar, ihn anzulächeln. „Hör auf damit. So schlimm ist es nun auch wieder nicht."

„Was weißt du denn schon!"

„Na schön, der Sturm ist wiedergekommen. Aber ..."

„Er ist nicht wiedergekommen. Er war nie weg!"

„Was redest du denn dauernd? Als wir das Schiff bestiegen haben, war kein Wind, und man konnte schon fast die Sonne sehen ..."

Ian schüttelte den Kopf. „Mein Vater hat mir davon erzählt. Ein Zyklon ist wie ein Kringel. Alle Zutaten, der Sturm und der Regen und die schwarzen Wolken, kreisen um die Mitte. In der Mitte ist nichts. Mein Vater hat gesagt, dass man das ‚Auge' nennt. Als wir auf das Schiff gestiegen sind, hatten wir gerade das Auge erwischt. Aber das ist weitergezogen, und jetzt stecken wir in einem anderen Teil des Kringels fest."

„Ach."

„Ich hab's vergessen. Wir hätten in der Höhle bleiben

müssen, dort wären wir in Sicherheit gewesen. Es tut mir so Leid, so Leid ..."

„Verdammt noch mal, hör auf damit!"

„Aber ich hätte daran denken können."

„Hast du aber nicht. Ich hätte dem Schiff fernbleiben können, aber das hab ich auch nicht getan. Alles klar? Das spielt keine Rolle. Wir sind hier, und nur darauf kommt es an."

Ian lehnte sich an die Tür zur Kommandobrücke und fummelte an der Taschenlampe herum.

„Und überhaupt, es ist gar nicht so übel hier. Ich meine, die *San Felipe* ist keine solche Bretterbude wie die Strandhäuser, stimmt's? Sie ist ein Frachtschiff, aus Stahl erbaut und für solche Stürme konstruiert."

Mit gerunzelter Stirn ließ Ian sich zu Boden gleiten.

„Und was kann uns diese zweite Hälfte des Sturms schon anhaben? Schlimmstenfalls werden wir in die Dünen geweht. Na und?"

Ian nickte, hörte ihr aber gar nicht zu. Er hatte die Taschenlampe weggelegt und drückte mit beiden Händen auf den Fußboden.

„Was ist denn los, Ian?"

„Ich kann nicht mehr spüren, wie das Schiff auf den Felsen hin und her ruckt."

„Da siehst du, es wird schon besser."

Mit gequältem Gesicht sah Ian zu ihr hoch.

Bei Reene fiel der Groschen. „Ach. Du meinst ..."

„Wir treiben auf dem Meer."

Die sichere Kajüte

Reene packte die Taschenlampe, warf sich gegen die Tür zur Kommandobrücke und stemmte sie wieder auf. Taumelnd schoss sie am Kompass und den flatternden Seekarten vorbei und richtete die Taschenlampe auf eins der heilen Fenster. Das Licht wurde zu ihr zurückgeworfen. Und so ging sie mit schwankenden Schritten zum Fenster hin und presste die Taschenlampe an die Scheibe.

Der Strahl leuchtete in den Sturm hinaus, reichte aber nur ein paar Meter weit, dann verlor er sich im Wirbel der Regentropfen. Die *San Felipe* befand sich in einem Kokon aus tobendem Sturm und Unwetter, und es war unmöglich, aus diesem engen Bereich hinauszusehen.

Entmutigt kehrte Reene zu Ian zurück. Der Wind knallte die Tür so heftig zu, als wollte er damit seinen Triumph bekräftigen.

„Konntest du was sehen?“, fragte Ian mit matter Stimme.

„Nichts. Nur Sturm und Regen.“

„Was machen wir jetzt?“

Reene schüttelte den Kopf. „Hier lässt sich nichts mehr machen, oder?“

„Nur warten.“

„Worauf?“ Reene sah aufmerksam zu Ian hinüber.

„Keine Ahnung.“

Ian lehnte sich wieder an die Tür und lauschte dem Wind, der dahinter raschelte und scharrte. „Vielleicht können wir uns auf die Suche machen – nach einem Ort, wo es sicherer ist als hier. Windgeschützt."

Reene nickte. „Klar. Warum nicht?"

Sie stieg die schmale Treppe von der Brücke zum Korridor hinunter. Der Sturm schien ein wenig nachzulassen, aber dafür war das Klatschen, mit dem die Wellen an den Schiffsrumpf schlugen, jetzt noch lauter. In der Mitte des Korridors versuchte Reene auf gut Glück eine Tür zu öffnen und stellte fest, dass sie nicht abgeschlossen war. Sie leuchtete mit der Taschenlampe hinein ...

Der Raum war so groß wie zwei der anderen Kajüten. Statt einer Metallkoje stand ein Bett da. Es gab einen Schreibtisch aus Holz, ein Sofa, eine Kommode, ein Waschbecken mit einem Spiegel darüber, eine Duschkabine, eine Toilette und einen Schrank, dessen Türen im Rhythmus der Schiffsbewegungen schaukelten.

„Die Kapitänskajüte?" Reene ging hinein. Ian folgte ihr und zog die Tür hinter sich ins Schloss.

Der Sturm war noch da, aber er war jetzt gedämpft, und hier war alles trocken. Man könnte sich fast einbilden, der Sturm fände im Fernsehen statt, dachte Reene. Nur dürfte das Schiff dann nicht so schlingern.

Das Bett knarrte, als Ian sich darauf setzte.

Reene trat an den Schrank und sah die Kleidung durch, die darin hing. „Das muss die Kajüte des Kapitäns sein, aber ich kann kein Teleskop finden."

„Vielleicht hat er es mitgenommen." Ian wippte auf dem Bett auf und ab, um die Sprungfedern auszuprobieren. Es sah ganz so aus, als wollte er ins Bett kriechen und sich die graue Decke über den Kopf ziehen. Aber nein, das ging nicht.

„Wenn du mich siehst, Junge, hast du zu salutieren!" Reene hatte eine uralte, schwarze Mütze entdeckt und sie sich auf den Kopf gesetzt.

Um Ians Mundwinkel zuckte es, als er sie damit sah. „Ich dachte immer, die Kapitänsmützen wären weiß."

Reene ließ sich neben Ian aufs Bett plumpsen. Sie legte die Taschenlampe weg und unterzog die Mütze einer gründlichen Musterung. „Vielleicht war sie mal weiß. Vielleicht ist sie in Wirklichkeit weiß. Wenn man sie wäscht."

„Vielleicht trägt man nur bei der Marine weiße Mützen", sagte Ian und griff nach der Taschenlampe.

„Ach ja, das könnte sein." Reene setzte sich die Mütze wieder auf und rückte sie so, dass sie ihr schräg auf dem Kopf saß.

„Wir sollten die Taschenlampe nicht ständig benutzen", sagte Ian, während er den Strahl durch die Kajüte wandern ließ. „Wenn wir sie dauernd brennen lassen, sind bald die Batterien leer."

Auf der Kommode standen ein paar gerahmte Fotos, auf dem Schreibtisch lag ein schweres, in Leder gebundenes Buch. Reene holte sich die Fotos. Eine Frau mit brauner Haut lächelte geheimnisvoll aus einem ovalen Goldrahmen. Sie war auch noch auf einem großen, braun getönten Foto zu sehen, zusammen mit einem kleinen Jungen und einem finster dreinblickenden Mädchen – und einem kleinen Mann, der einen dicken Schnurrbart trug und ein breites Lächeln aufgesetzt hatte.

„Also, da hast du deinen Kapitän", sagte sie.

„Jetzt sieht er wohl kaum so aus, nicht wahr? Jedenfalls nicht in diesem Augenblick. Nicht so fröhlich und nicht so trocken."

Reene warf einen Blick zu dem Bullauge neben dem Bett. Sie sah peitschenden Regen, und einen kurzen Moment lang verströmte ein Blitz sein Licht ins Meer. Bei diesem Anblick richtete Reene ihre Aufmerksamkeit lieber auf das Buch, das auf dem Schreibtisch lag. Sie stand vom Bett auf und holte sich das Buch. Ian hielt ihr die Taschenlampe, als sie darin herumblätterte.

„Es ist nicht auf Englisch", sagte sie enttäuscht.

„Vielleicht ist es Span..." Ian brach ab.

„Was ist denn?"

Ian wies mit dem Kopf auf den Arm, den Reene lässig auf die Kommode gelegt hatte.

„Was ist denn, was hast du?" Und dann begriff sie.

Sie hatte sich abgestützt, um nicht langsam gegen die Wand zu torkeln. Ian hatte den Rücken gekrümmt, als führe er mit dem Bett Wasserski, und die gerahmten Fotos rutschten auf das Bullauge zu. Das Bett, die Kommode, die Kapitänskajüte und die ganze *San Felipe* – alles neigte sich zum Bullauge hin.

„Das Schiff si..."

„Halt die Klappe!", fauchte Reene ihn an. „Das tut es nicht, verdammt noch mal!" Wenn du's nicht ausprichst, passiert es vielleicht auch nicht, dachte sie. Bloß nichts verschreien.

Unter ihnen polterte und krachte es sehr vernehmlich.

„Ach, was soll's", sagte Ian mit matter Stimme.

„Wie meinst du das?"

„Wir können sowieso nichts dagegen tun."

Reene warf ihm einen scharfen Blick zu. Taumelnd

flog sie gegen die Wand zwischen Bett und Kommode. Halb war es ein Sturz, halb hatte sie sich mit Absicht dorthin gewälzt. Sie schirmte die Augen ab und drückte das Gesicht ans Bullauge.

Außer dem Kran vor dem Aufbau, dem Sturm, der schwarzen, tobenden See und dem peitschenden Regen war nichts zu erkennen. Reene hatte das Gefühl, dass sie mitsamt der *San Felipe* unter die Wellen glitt.

„Kannst du was sehen?“, fragte Ian.

„Ich weiß nicht ...“

Schaum und Gischt flogen explosionsartig in die Höhe, und einen Augenblick lang wurde die Dunkelheit durchbrochen, sodass die Umrisse des Bugs zu erkennen waren.

„Ich glaube ...“ Den Kopf dicht am Bullauge, nickte Reene. „Ich glaube, das Kippen hat aufgehört.“

Das Foto in dem ovalen Rahmen fiel von der Kommode.

„Wie kommst du drauf?“

„Der Bug ist immer noch zu sehen. Vielleicht liegt er jetzt viel tiefer, aber er ist noch da. Vielleicht kam das ganze Geschaukel nur von Wasser, das im Schiff herumschwappte und den Bug herunterzog. Das Meerwasser dringt gar nicht ins Schiff ein – es war schon vorher da.“

Ians Miene hellte sich kurz auf, aber gleich darauf fiel wieder ein Schatten über sein Gesicht. „Wie ist das Wasser denn überhaupt hereingekommen?“

Reene drehte sich zu Ian um. Dann machte sie sich auf den Weg vom Bullauge zur Tür, lief mit steifen Beinen die Schräge hoch. „Komm schon“, sagte sie. „Und nimm die Taschenlampe mit.“

„Wo wollen wir hin?“
„In den Maschinenraum.“
Mit gerunzelter Stirn sah Ian sie an. „Du willst den Motor anstellen?“
„Das ist der unterste Teil des Schiffs.“ Reene holte tief Luft und zwang sich dazu, es auszusprechen. „Dort können wir sehen, ob das Schiff sinkt.“

Gespenstische Töne

Ian schüttelte abwehrend den Kopf. „Ich will nicht ...“
„Dann gib mir die Taschenlampe.“ Reene streckte die Hand danach aus.
Aber Ian starrte unverwandt auf die Taschenlampe in seiner Hand. Reene konnte seine Gedanken lesen, als stünden sie in leuchtender Neonschrift auf einem Schild. Sie wusste genau, was in seinem Kopf vorging. Ohne Taschenlampe säße er im Dunkeln, und er wäre ganz allein, umgeben von den Geräuschen, die das Schiff von sich gab, während der Sturm es langsam auseinander nahm.
„Ich komme mit“, sagte er. Das hatte Reene gewusst.
Der Weg aus der Kapitänskajüte fiel ihnen fast schon leicht. Zum Bug hin, der hinter ihnen lag, fiel der Boden schräg ab und schaukelte ständig hin und her, aber allmählich gewöhnten sie sich daran, so als wäre das Schiff nichts weiter als eine Berg-und-Tal-Bahn auf dem Rummelplatz. Während sie die Treppe hinunterstiegen, kam Reene der Gedanke, dass der Zyklon sich vielleicht legte.

Doch als sie die untere Ebene erreichten, sahen sie eine flache Woge durch den Korridor schwappen.

Ian blieb stocksteif stehen. Mit aschfahlem Gesicht sah er zu, wie die Welle an ihm vorbeidonnerte und am anderen Ende des Korridors gegen die Stahltür schlug.

Reene schaute in die andere Richtung, an der Tür zur Kantine und der kaputten Uhr vorbei zu der Türöffnung, durch die sie beim ersten Mal ins Schiffsinnere hinuntergestiegen waren. Die *San Felipe* begann wieder heftig zu schaukeln. Die niedrige Welle stieg empor, brauste an Ian vorbei und brach durch die offene Tür. Aber sie stieß auf einen schaumgekrönten schwarzen Wall, der sich draußen um das Deck zog und die Welle zurück in den Korridor zwang.

Nervös fuhr sich Reene mit der Hand über den Mund und torkelte auf das wirbelnde Wasser zu.

„Was machst du da?“, schrie Ian.

Ohne ihn zu beachten, huschte Reene in die Kantine und fand dort Schutz, als die Welle vorbeizischte. Dann ging sie wieder in den Korridor. Gerade als sie die Tür nach draußen erreicht hatte, hob sich das Schiff an dieser Seite aus dem Meer. Reene trat hinaus in brüllenden Sturm und peitschenden Regen. Sie kniff die Augen zusammen und tastete mit den Fingern nach dem Haken, der die Tür offen hielt. Mit einem Ruck riss sie ihn los. Während sie mit der Tür rang, sah sie, wie sich ein schwarzer Berg auf sie zuwälzte. Gerade noch rechtzeitig gelang es ihr, die Tür zuzuschlagen.

Ian hielt die Taschenlampe auf Reene gerichtet, bis sie neben ihm auf der Treppe stand. „Du bist total bescheuert. Das weißt du doch, oder?“, sagte er.

„Jemand musste das ja machen.“

„Ich hoffe nur, wir kriegen die Tür auch wieder auf und können raus.“

Reene warf ihm einen Blick zu, dann stieg sie die tropfenden Stufen hinab. Ian zuckte mit den Schultern und folgte ihr. Mit großer Vorsicht trat er auf die Stufen und klammerte sich am Geländer fest. Dabei ließ er den Strahl der Taschenlampe über die Wände tanzen, sodass die grünen und silbernen Rohre zu sehen waren.

„Viel weiter gehen wir jetzt nicht mehr“, sagte Reene.

Unvermittelt blieb Ian stehen.

„Ich brauche Licht“, erklärte Reene geduldig.

„Hörst du das?“ Ian starrte in die Düsternis hinein. Im Schein der Taschenlampe sah er aus, als wäre alles Blut aus seinem Gesicht gewichen, sodass es einer verhärmten Maske glich.

„Was soll ich hören?“

„Du musst angestrengt lauschen ...“

Ganz schwach konnte Reene Wasser vernehmen, das von einer Seite zur anderen schwappte. „Ja. Aber wir wussten ja, dass hier Wasser sein würde.“

„Nicht das Wasser. Etwas anderes.“

„Das Wasser reicht mir schon.“

Ian schüttelte den Kopf. „Ich will nicht mehr weiter.“

„Okay. Dann gib mir die Taschenlampe.“ Reene ging einen Schritt zurück und streckte die Hand aus.

Diesmal blieb Ian reglos stehen und trat ihr die Taschenlampe ab. „Vorhin, als wir zum ersten Mal hier reingekommen sind, hab ich es auch schon gehört.“

„Ich geh nur bis zum Treppenabsatz runter, in Ordnung? Dort kannst du mich noch sehen.“

Ian nickte, aber Reene hatte nicht den Eindruck, dass er ihr zuhörte.

Sie stieg die schwankende Treppe hinunter. Dabei nahm sie ein zunehmendes Rauschen wahr, das Geräusch einer großen Wassermenge, die im Schiff herumschwappte. Noch nie zuvor in ihrem Leben hatte sie ein so Furcht erregendes Geräusch gehört. Sie knipste die Taschenlampe aus.

„Reene?“ Ein einsamer Ruf, der zwischen den Rohren hallte.

„Alles in Ordnung. Nur noch einen Augenblick.“ Reene betrachtete die hellen Flecken, die der verlöschende Lichtschein an die Wand warf. Sie trat auf den Boden hinunter. Wasser plätscherte in der fast völligen Finsternis, schwappte um die Fässer mit Schmieröl und wogte unter ihr. Ein Tropfen landete auf ihrer Backe.

Sie biss die Zähne zusammen und machte die Taschenlampe wieder an. Du lieber Himmel!

Von einer Bordwand bis zur anderen und zwischen den Schotten erstreckte sich ein See, der über die grünen Gitterroste wallte und rings um die riesigen Roboter anstieg. Reene betrachtete die bunten, in allen Farben des Regenbogens schillernden Ölflecken, die dort unten herumwirbelten. Allmählich löste sich die eiskalte Furcht, die ihr die Kehle zuschnürte.

„Reene?“

„Ja. Ich schau mich nur um.“

„Was siehst du?“

„Es ist nicht allzu schlimm.“ Sie sprach langsam, und beim Sprechen wurde ihr etwas wohler zu Mute. Ein ganz klein wenig wohler.

„Ist Wasser dort unten?"

„O ja, aber das war zu erwarten. Ich hab es unter dem grünen Gitterrost gesehen, als das Schiff noch an Albatross Beach lag, nur war mir zu diesem Zeitpunkt gar nicht klar, was ich da sehe. Aber eigentlich ist es gar nicht so viel. Komm doch runter."

„Ich ... kann nicht." Ian blieb in der Düsternis sitzen und schüttelte den Kopf. Doch dann durchfuhr ihn ein Ruck. „Pepis!"

„Ian?"

„Pepis!" Er schoss hoch und stapfte die Treppe hinunter, dabei rief er immer wieder: „Pepis, Pepis, Pepis!"

Als er das Wasser sah, blieb er stehen.

„Anfangs ist es ein bisschen Furcht erregend", sagte Reene.

„Als das Schiff noch am Strand lag, war längst nicht so viel Wasser hier drin", sagte Ian. „Vorhin konnte man es noch gar nicht sehen."

„Vielleicht ist es jetzt ein klein wenig mehr Wasser. Was war das eben mit Pepis?"

„Ein Hund."

„Dein Hund?"

„Nein. Der Hund von jemand anderem. Nichts weiter. Einfach nur ein Hund." Ian hob den Kopf und sah vom strudelnden Wasser weg, starrte mit angespanntem Blick in die Dunkelheit.

Verärgert zog Reene die Stirn kraus. „Was soll das? Du suchst hier einen Hund?"

„Ich kann's wieder hören. Dieses Geräusch."

Reene schaute Ian finster an, aber sie spitzte die Ohren. Sie hörte das Fauchen des Sturms, der draußen am

Rumpf entlangjagte, die Wellen, die dagegenschlugen, und die zehntausend Teile des Schiffs, die in seinem Inneren knarrten und klirrten. Und das Wasser, das unten hin und her schwappte.

„Hier ist nichts, Kleiner ..." Und dann hörte sie es.

Nicht lauter als ein Flüstern, ließ sich im Lärmen des Schiffs ein trostloser Schrei vernehmen, der ihr kalte Schauder über den Rücken jagte. Der Ton hing in der Luft und verklang.

„Was um alles in der Welt war das?", fragte Reene leise.

„Ich hör das schon die ganze Zeit. Jetzt hast du's also auch gehört."

Reene sah ihn an. „Ja. Außer uns ist noch jemand hier auf dem Schiff."

Im Laderaum

Ians Gesicht wurde ganz starr. Reene wandte sich von ihm ab. Sie richtete den Strahl der Taschenlampe vom Wasser zu dem schmalen Laufsteg aus Metall, der rund um den Maschinenraum verlief. Am Rand des Laufstegs zog sich ein Geländer entlang. Ein Stück nach hinten versetzt gab es ein paar ölbefleckte Kajütentüren und eine Stahltür, die den Weg zum Heck verschloss.

„Dort hinten muss es sein."

Erschrocken riss Ian die Augen auf. „Ich ... äh ... hör jetzt gar nichts mehr."

Reene stieg zu dem schmalen Laufsteg hinunter. „Hallo!", rief sie. „Hört mich jemand? Hallo!"

Es war zu hören, wie das Schiff litt. Sonst war alles totenstill.

„Wahrscheinlich hat sich nur irgendwas verschoben."

„Es könnte ein Verletzter sein."

„Den hätte doch die Mannschaft hier rausgeholt."

„Vielleicht hat die Besatzung das Schiff fluchtartig verlassen, in wilder Panik. Vielleicht hat man ihn für tot gehalten."

Ian schwieg.

Schwankend lief Reene den schmalen, schräg geneigten Steg entlang. Unter ihr schwappte das Wasser, und sie musste sich krampfhaft am Geländer festhalten, weil das Schiff von einer Seite zur anderen wippte. Die zerkratzten Kajütentüren waren nur eine Armeslänge von ihr entfernt. Sie konnte sie öffnen, ohne das Geländer loslassen zu müssen. Aber der Laut hatte sich angehört, als käme er aus einer größeren Entfernung.

Hinter der ersten Tür befand sich keine Kajüte – es hätte bestimmt kein Mensch schlafen können, während die Dieselmotoren direkt vor der Tür lärmten. Hier befand sich ein Pausenraum mit Stühlen, einem Tisch und einer Kaffeemaschine. Dann folgten eine einzelne Toilette, ein Waschraum, eine Waschküche und schließlich ein Vorratsraum.

Mit leisen Schritten ging Ian Reene hinterher und lauschte dabei nach den Geräuschen des Schiffs.

Im Vorratsraum stapelten sich Konservendosen, Kisten und Säcke voller Reis, Mehl und Zucker. Dann gab es noch Werkzeuge, Hämmer, eine Säge und ein Brecheisen. Sonst nichts. Reene ließ die Tür zum Vorratsraum offen und ging zu der Stahltür weiter.

„Hinter dieser Tür muss er sein." Sie legte die Hand auf die Klinke.

„Vielleicht ..." Ian sah auf ihre Hand und schaute ihr dann in die Augen.

„Hey, hören Sie mich? Äh ... Señor?" , rief Reene mit lauter Stimme durch die Tür. Ihr war eingefallen, dass der Kapitän ein spanisches Buch gehabt hatte, aber mit diesem einen Wort hatte sie so ziemlich alle ihre Spanischkenntnisse erschöpft. Sie drückte auf die Klinke, aber es bewegte sich nichts.

Ians Mundwinkel zuckten. War das ein Zeichen dafür, dass er erleichtert war?

„Na, komm schon, du Muskelprotz, fass mal mit an!"

Widerstrebend kam er an die Tür, warf sich dann aber mit seinem ganzen Gewicht auf die Klinke. Die Tür ging auf.

„Ich hab ja gewusst, dass du früher oder später von Nutzen sein würdest." Reene ging an ihm vorbei und leuchtete mit der Taschenlampe voraus.

Und sah unter einer Decke aus gestrichenem Metall und Holz im Schein der Taschenlampe Regen sprühen. Der Regen trommelte auf die Bretter einer Lukenabdeckung. Oder nein, es war mehr wie eine Dusche, die beim Stampfen des Schiffs ihre Spur von der Abdeckung bis zu dem Metalldeck ringsum zog. Oben in der Decke war eine undichte Lukenabdeckung.

Rund um diesen beständigen Sprühregen führte ein flaches Deck bis zum schräg abfallenden Heck. Am Heck ragten zwei Geländer aus dem Deck hervor, zwischen denen ein Loch zu sehen war.

Ian krallte sich an Reenes Arm fest.

Als Reene die Schatten sah, auf die Ian wie gebannt starrte, glaubte sie im ersten Moment, dass ihr aus dem Dunkel Dinosaurierköpfe entgegengrinsten. Aber sie schwenkte schnell die Taschenlampe zu ihnen hinüber, und da wurden die Köpfe zu den schweren Stahlgebissen der Greifhaken, die zwischen Taurollen und Netzen mit Ketten an der Wand befestigt waren.

Mit hochgezogenen Augenbrauen warf Reene einen Blick zu Ian hinüber. Dann machte sie sich um die schwankende Dusche herum auf den Weg zu den nach unten führenden Geländern am Loch. Dort angekommen, entdeckte sie unter dem Metalldeck Stufen und tief in dem Loch eine Tür. Es klapperte laut, als sie die Treppe hinunterlief.

Von unten sah sie zu Ian hoch, der sich als Silhouette hinter ihr abzeichnete.

„Okay?“, fragte sie.

Ian zuckte mit den Schultern. „Dort wird auch nichts sein. Wie bei allen anderen Türen, die wir aufgemacht haben.“

Reene drückte die Klinke hinunter.

Hinter der Tür war ein Ächzen zu hören.

Blitzartig ließ Reene die Klinke los und machte einen Satz zurück. Aber die Tür bewegte sich von selbst, ging auf und schwang in das leere Dunkel hinein.

„Hallo? Hallo, Señor?“, rief Reene in den Raum. Ihre Stimme klang ein bisschen heiser.

Der Laut brach ab, als hätte jemand den Ton abgestellt.

Reene leuchtete mit der Taschenlampe hinein. Hinter der Tür sah sie einen kleinen, leeren Treppenabsatz und eine Staubwolke, die von einem Stapel weißer Säcke aufstieg. Zwischen dem Treppenabsatz und den Säcken klaffte ein Abgrund.

„Señor!" Reene betrat den Treppenabsatz. Ein Stapel Bauholz rieb sich knarrend an den Seilen, von denen er gehalten wurde. Der Stapel war so hoch, dass er eine richtige Wand bildete, und Kisten türmten sich zu einer Burg empor, die bis zur Decke reichte. Seitlich am Treppenabsatz führten schmale Stufen steil hinunter.

„Die Sache gefällt mir nicht", sagte Ian, der neben sie getreten war.

„Dir gefällt überhaupt nichts", sagte Reene. „Hör zu, hier ist Schluss. Wir gehen kurz runter – das dauert nur eine Minute, eine halbe Minute –, sehen uns um und kommen wieder hierher. Das ist alles."

„Ich weiß nicht so recht."

„Wahrscheinlich ist das die trockenste Stelle vom ganzen Schiff. Schau dir nur die Schräge an! Und wir können hier nicht weg. Nicht, wenn dort unten möglicherweise jemand ist – ein Verletzter."

„Warum antwortet er dann nicht?"

„Vielleicht kann er das nicht. Vielleicht ist er nicht bei Bewusstsein, schreit aber vor Schmerzen. Ich geh da runter."

Sie lief die schmalen Stufen so schnell hinunter, als handelte es sich um eine bequeme Treppe. Aber als sie etwa ein Drittel zurückgelegt hatte, legte die *San Felipe* sich auf die Seite. Gegenstände fielen krachend herab, zerschellten und zerrissen, und die steile Treppe kippte in die Senkrechte, sodass sich Reenes Beine unter ihr bogen. Sie schnappte erschrocken nach Luft, klammerte sich am Geländer fest und versuchte sich umzudrehen. Die Taschenlampe in ihrer Hand schwenkte herum und fing Ians verängstigtes Gesicht ein.

„Lass sie nicht fallen ...“ Ian langte nach unten, nicht um ihr zu helfen, sondern um die Taschenlampe zu retten.

Reene wurde in einem weiten Bogen um das Geländer geschleudert. Ihre Füße scharrten über den erhöhten Rand der Stufen. „Ist ja gut, ist ja gut ...“, sagte sie, aber sie spürte, wie ihre Hand an der pulvrigen Rostschicht des Geländers abzurutschen begann.

Ian langte an Reenes Gesicht vorbei. Seine tastenden Finger versuchten ihre wild umherfuchtelnde linke Hand zu erwischen, mit der sie die Taschenlampe hielt. Dann sah er ihr in die Augen und packte sie am Haarschopf.

Das Schiff hatte sich so weit zur Seite geneigt, wie es nur ging. Jetzt schwang es wieder zurück. Reenes Füße fanden Halt auf den Stufen, sodass sie ihren Griff am Geländer verändern konnte. Dabei zog sie den linken Arm an den Körper heran und presste die Taschenlampe an sich.

„Ist ja gut! Du kannst sie haben. Aber lass meine Haare los!“ Mit diesen Worten drückte sie Ian die Taschenlampe in die Hand.

Hastig kletterte sie in den Laderaum hinunter. Ian sollte nicht sehen, wie ihr die Arme zitterten; deshalb beeilte sie sich so. Als sie in die schmalen Gänge zwischen der gestapelten Ladung lugte, landete Ian mit einem lauten Plumps hinter ihr.

„Du machst vielleicht einen Krach!“, sagte Reene.

„Entschuldige."

Bei jeder Bewegung, die das Schiff machte, knirschte die Kistenburg, aber sie schien stabil zu sein. Für den Holzstapel traf das jedoch nicht zu. Reene sah, wie er gegen die starren Schiffswände schlug, und dabei hörte sie das Knarren der Balken, die aneinander rieben, während die Seile, von denen sie gehalten wurden, laut ächzten und bis zum Äußersten gespannt waren. Der Strahl von Ians Taschenlampe fiel auf einen Balken – so groß wie ein Telegrafenmast – , der tief unten im Stapel in Bewegung geraten war.

„Hier können wir nicht bleiben", sagte Ian.

Reene folgte dem tanzenden Lichtschein und nickte. „Wir müssen nur den Verletzten finden."

„Falls hier wirklich jemand ist."

Unvermittelt packte Reene ihn an der Hand und lenkte den Strahl der Taschenlampe in eine bestimmte Richtung.

„Hey!"

Sie leuchtete auf eine Ecke des Holzstapels. „Was ist das?"

„Was weiß ich!" Ian befreite seinen Arm aus ihrem Griff.

Aber Reene konnte immer noch den Gegenstand sehen, auf den sie aufmerksam geworden war. Es handelte sich um einen wirren Haufen aus verbogenen Metallstäben, die miteinander verbunden waren.

Langsam gingen sie auf diesen Schrotthaufen zu. „Ich kann dort niemanden entdecken", sagte Ian. „Siehst du jemanden?"

„Das muss von hoch oben runtergefallen sein", sagte Reene.

Ian richtete die Taschenlampe oben auf den Holzstapel und zur Decke hinauf. Nichts zu sehen. Aber als der Strahl wieder nach unten glitt, fing er auf halber Höhe des Stapels zerrissene Seile ein, die lose herunterbaumelten. Im Holz klaffte eine Lücke, und es sah so aus, als wären mehrere Kisten so aufeinander gestapelt worden, dass sie eine provisorische Treppe zu dieser Lücke bildeten.

„Reene ...“ Ian sprach ganz leise. Er stand dicht vor dem Haufen Metall und richtete den Strahl der Taschenlampe darauf.

Sie rang sich ein schwaches Lächeln ab. „Ganz schöner Schrott, was?“

„Ich glaube, das ist ein Käfig.“

Das Untier

Reene legte den Kopf schräg und sah genauer hin. Nun ja, es könnte so etwas wie ein Käfig gewesen sein. Die Ecken stimmten, und bei den Metallstangen konnte es sich um Gitterstäbe gehandelt haben. Allerdings war alles zu Bruch gegangen, als der Gegenstand herunterfiel. Offenbar war er auf einer Kante gelandet.

Es war ein Käfig, aber ein großer, keineswegs ein Vogelkäfig, und diese Eisenstäbe waren wirklich dick. Um etwas Großes und Starkes gefangen zu halten. Aber wie groß?

„Ein Tiger“, sagte Ian leise.

„Was?“, fragte Reene verdutzt.

„Dafür könnte der Käfig gedacht sein. Für einen Tiger."

„Vielleicht."

„Glaubst du, dass er leer war?"

Reene sah ihn verständnislos an. Aus Ians Gesicht war alle Farbe gewichen. Dann schwenkte sein Blick nach links, und er riss erschrocken die Augen auf.

„Du lieber Himmel ..."

Mit aller Kraft hielt er die Taschenlampe umklammert und lenkte ihren Strahl in die Dunkelheit.

Reene fuhr herum.

In der pechschwarzen Finsternis bewegte sich etwas mit großer Geschwindigkeit auf sie zu. Lange, struppige Haare streiften ihren Arm, dann stieß etwas Wuchtiges gegen ihre Schulter, sodass sie nach hinten taumelte.

Ian schwenkte die Taschenlampe in das Schwarz hinein. Für den Bruchteil einer Sekunde war die Andeutung eines Schattens zu erkennen, dann wurde ihm die Taschenlampe aus der Hand geschlagen. Erschrocken huschte er über das Metalldeck davon, fort von dem Schatten.

Die Taschenlampe flog im hohen Bogen durch den Laderaum, knallte gegen eine Kiste, prallte daran ab und rollte auf Reene zu. Ihr Strahl warf schwarze, albtraumhafte Bilder an die Wand und die Ladung.

Etwas Großes, Langes glitt die Stufen hinauf, so geschmeidig wie eine Schlange und auch ebenso schnell. Es füllte den Türrahmen aus und verschwand.

Die Fersen in den Boden gebohrt, lief Reene eilig rückwärts, bis sie gegen ein Fass rannte. An ihrer Schulter nahm sie einen scharfen, moschusartigen Geruch wahr. Eine Weile waren im Laderaum nur ihr Keuchen und das Knarren der Seile zu hören.

„Was war das?“, rief Ian mit bebender Stimme.

Reene sah immer noch unverwandt zum schattendunklen Türrahmen hin. „Keine Ahnung, ich hab’s nicht gesehen. Hast du etwas erkennen können?“

„Es war groß. Größer als ich.“

„Es war schnell. Ein solches Tempo habe ich noch nie erlebt. Als es auf mich zukam ...“

„Es hat dich angerempelt, Reene, stimmt’s? So viel hab ich gesehen. Bist du verletzt?“

„Nein, mir ist nichts passiert.“ Aber sie hielt sich die Schulter und spürte ein Pochen.

„Es hat dich nicht gebissen?“

Schweigend sah Reene den Jungen an, von dem sie nur eine Silhouette erkennen konnte.

„Bist du gebissen worden?“

Reene fuhr mit der Hand unter das Seemannshemd. Sie betastete ihre Schulter, suchte nach Wunden. „Was war das für ein Ding? Was meinst du?“

„Ich weiß es nicht. Es war wild, und es war zornig.“

„Aber wie kommst du darauf, dass es mich gebissen haben könnte?“ Reene ließ ihre Hand auf der Schulter ruhen.

Ian sah zu der hohen Tür hinauf, wo er das Untier zuletzt gesehen hatte. „Dort oben, als es die Treppe hinaufgerast ist, hat es ...“

Er holte tief Luft.

„Es hat wie eine Riesenspinne ausgesehen.“

Mausefalle

Ein Beben durchlief die *San Felipe*, und Ian geriet ins Wanken. Hohe Wellen brachen über das Schiff herein, von dem halb untergetauchten Bug bis zu dem schräg geneigten Heck. Die Taschenlampe rollte durch den Laderaum, aber Reene stürzte sich darauf, als die Lampe an ihr vorbeikam. Das Schiff schlingerte, neigte sich zur Seite und blieb in dieser Schräge liegen.

Der zerschmetterte Käfig rutschte auf Ian zu. Es sah aus, als wollte der Käfig mit seinen zerbrochenen Stäben nach ihm greifen. In aller Eile rappelte Ian sich auf und versuchte auszuweichen. Einer der Stäbe verfing sich unter einem Fass, und der Käfig erzitterte und bäumte sich auf, eine mechanische Riesenkrabbe.

Mit offenem Mund blieb Ian auf dem schräg geneigten Deck stehen.

„Lauf runter!“ Reene gab Ian Zeichen mit der Hand.

Zwischen Kisten und Fässern setzte die Krabbe sich in Bewegung.

In aller Eile machte Ian kehrt und rannte auf den knarrenden Holzstapel zu. Die Krabbe kam im Galopp hinterher, aber er konnte zur Seite springen, als sie gegen die Holzbalken prallte. Hastig kletterte er über das Gewirr von Stäben und stieg dann zu Reene hinauf, dem Schein der Taschenlampe nach.

„Wir müssen hier raus“, sagte Reene mit zittriger Stimme.

Ian betrachtete den Schrotthaufen, den der Käfig darstellte. Dann sah er die Treppe hoch, zu der offenen Tür hin, und schüttelte den Kopf. Jetzt nicht.

Langsam bewegte sich das Schiff in eine normale Lage zurück. Allmählich war das Deck keine schiefe Wand mehr, sondern wurde wieder ein Fußboden. Aber der Holzstapel schwankte mit lautem Knarren hinter den Halteseilen hin und her.

Reene lauschte den hoch aufgetürmten Holzbalken, die sich über ihr bewegten. Ihr wurde klar, dass ihnen nichts anderes übrig blieb, als hinter diesem riesigen Untier durch die hohe Tür zu gehen, und dass sie das jetzt sofort tun mussten. Wenn sie blieben, würde der zerschmetterte Käfig sie gegen die Kisten drücken und zerquetschen. Und wenn der Käfig sie nicht erwischte, würden sie dem Holzstapel zum Opfer fallen. Sie saßen wie die Maus in der Falle.

„Ian", sagte sie behutsam, „woher willst du wissen, dass nicht noch mehr solche Untiere hier unten sind?"

Im ersten Augenblick starrte Ian sie nur an. Dann wandte er sich den wogenden Schatten in den Ecken des Laderaums zu. Mit kreidebleichem Gesicht lauschte er dem knarrenden Holz, dem Scheuern der bis zum Zerreißen gespannten Seile, dem Scharren der rutschenden Fässer – und wich zur Treppe zurück. Reene folgte ihm und leuchtete mit der Taschenlampe voraus.

Als Ian die Stufen hinaufzusteigen begann, sah er sich nach hinten um und schaute über Reenes Kopf hinweg in die dunklen Durchgänge zwischen der Ladung. Aber auf halbem Weg lenkte er den Blick lieber nach oben, zur Tür hinauf, die wartend offen stand. Von Stufe zu

Stufe wurde er langsamer, und drei Meter unterhalb der Tür machte er endgültig Halt.

„Wir können hier nicht bleiben“, sagte Reene leise.

„Ich probier nur, ob ich etwas höre.“ Aber er schaute weg. So als hätte er nach irgendwelchen Geräuschen hinter der Tür gelauscht, hörte jetzt aber etwas Gewaltiges über die *San Felipe* hereinbrechen.

Kurz darauf nahm Reene außerhalb des Schiffsrumpfs ein Toben wahr. Das war nicht so sehr zu hören, als vielmehr zu spüren. Ihr blieb gerade noch die Zeit, ihre Arme um das Geländer zu schlingen, bevor das Schiff wie betrunken zu torkeln begann. Der Bug mit seinen gewaltigen Wassermassen wurde emporgehoben, als würde er aus dem Meer gezogen.

„Halt dich fest!“, schrie sie.

Ian bekam das kaum mit, aber er ging in die Hocke und presste sich dicht an die Stufen.

Einen Augenblick lang war das Schiff gerade und lag sogar ruhig. Dann sauste der Bug nach unten, wurde durch die Luft geschleudert. Eine Weile herrschte Totenstille. Von außerhalb des Schiffs kam kein Laut, und im Inneren hielt alles wartend den Atem an. Reene hatte das Gefühl, als ritte sie auf einem Speer, der in hohem Bogen geschleudert worden war.

Dann schlug das Heck mit der Seite auf dem Wasser auf. Die Wucht des Aufpralls war so groß, dass das ganze Schiff davon erbebte, aber es setzte seinen Weg fort. Die *San Felipe* tauchte rückwärts in die Tiefe ab, und es sah nicht so aus, als wollte sie anhalten, bevor sie auf dem Meeresgrund gelandet war.

Wieder rutschte Reene seitlich über eine Stufe, aber

diesmal klammerte sie sich ans Geländer und hielt die Taschenlampe fest.

Wasser ergoss sich nach unten, durchnässte Reenes Schultern und klatschte auf das Stahldeck unter ihr, dass es nur so hallte. Als Reene den Kopf hob, sah sie eine Flutwelle, die an der Tür vorbeifloss und sich am Treppenabsatz zu einem Wasserfall ausbreitete.

Wir sind ein U-Boot, dachte Reene. Nein. Wir sinken! Wir gehen unter ...

Es dauerte eine Ewigkeit, doch dann hielt die *San Felipe* auf ihrer Rutschbahn nach unten inne. Langsam hob sich das Heck empor. Ein Schauder durchlief das Schiff, als es versuchte, einen ganzen Ozean von seinen Decks abzuschütteln.

Reene sackte auf der Treppe zusammen. Auf allen vieren kroch sie zu Ian hinüber, der zusammengekauert über dem Geländer hing. „Kannst du etwas hören?", schrie sie.

Ian hob den Kopf, dabei fielen ihm ein paar Tropfen ins Gesicht. Er machte einen benommenen Eindruck. „Ich hab schon geglaubt ... dass diesmal ..."

„Es ist aber nichts passiert. Denk nicht mehr dran." Reene wedelte auffordernd mit der Hand, um ihn die Treppe hinaufzuscheuchen. Torkelnd setzte sich Ian in Bewegung und hielt sich dabei am Geländer fest, das seitlich am Treppenabsatz verlief.

Unter ihnen knackte etwas. Durch das Schiff lief ein Ruck, den Reene an ihrer Hand spüren konnte. Es hört nie auf, dachte sie. Niemals.

Aus dem Augenwinkel nahm sie den Schatten einer langen Schlange wahr, die zum Angriff überging. Doch als sie sich umdrehte, sah sie nur ein zerrissenes Seil, das auf Stahlfässer einpeitschte, während der Holzstapel sich am Rand nach außen wölbte. Wieder ein Knacken, und das nächste Seil zerriss, und wie ein Echo folgten dem ersten Knall noch weitere. In der Wand aus gestapeltem Holz war ein bedrohliches Grollen zu hören.

Das Holz flog durch die Luft. In einem wilden Durcheinander landete es auf den Fässern, riss zwei auf und verbeulte die anderen. Die mechanische Krabbe kroch über das Deck davon, bis ein herabstürzender Balken sie aufspießte und zerschmetterte, sodass nur Bruchstücke aus Stahl und verbogene Stäbe übrig blieben.

Zusätzlich dazu, dass die *San Felipe* zum Bug hin schräg nach unten führte, legte sie sich jetzt auch noch nach rechts. Tausend unbefestigte Gegenstände im Schiff stürzten krachend zu Boden, rollten umher, schlugen irgendwo dagegen und warteten auf die nächste Veränderung.

„Okay, komm jetzt in die Gänge!“, rief Reene die Stufen hinauf.

Ian klammerte sich noch fester ans Geländer, sodass seine Fingerknöchel weiß hervortraten. Aber sonst rührte er sich nicht.

Reene setzte dazu an, ihn lauthals anzubrüllen, schüttelte dann aber nur den Kopf. Sie schob sich am Geländer entlang, kletterte über Ian hinweg auf den stählernen Treppenabsatz, rappelte sich hoch, kam wieder auf die Beine und leuchtete mit der Taschenlampe auf den Spalt im Deck über ihr. Eine tropfende Decke, sonst nichts.

Wahrscheinlich hält sich dieses Untier gut verborgen und lauert dir in einem Versteck auf, dachte sie.

Hey, dieses Untier hat genauso Angst. Denk doch nur daran, wie es die Treppe hochgeschossen ist. Es hat sich davongemacht. So schnell wie möglich.

Vorsichtig schob Reene sich auf das Deck und hielt dabei die Taschenlampe wie einen Knüppel. Als sie den Lichtstrahl betrachtete, der vor ihr hin und her schwankte, wurde ihr bewusst, dass sie für dieses Untier so etwas wie eine Zielscheibe sein konnte. Sie knipste die Taschenlampe aus.

„Was ist los?", krächzte Ian unterhalb des Treppenabsatzes zu ihr herauf.

„Nichts. Sei still." Langsam richtete sie sich auf und hob den Kopf, bis ihre Augen auf gleicher Höhe mit dem Deck waren.

In der Decke über ihr tropfte es im schattigen Dunkel von der Lukenabdeckung. Die Tropfen fielen in schneller Folge, und über das Deck vor ihr plätscherte Wasser. Das Schiff stampfte in den Wellen, dass die stählernen Dinosaurier sich hinter ihren Ketten hin und her wiegten, die Seile an ihren Haken schwangen und die herumliegenden Taurollen ins Rutschen gerieten. Aber von dem Untier war keine Spur zu entdecken.

Nichts zu sehen und nichts zu hören. Keine leise Bewegung, noch nicht einmal ein Atemhauch.

Reene biss sich auf die Lippe und stellte die Taschenlampe wieder an.

Schatten sprangen an den Wänden empor und huschten kreuz und quer über die Dinosaurier hinweg, aber das war auch schon alles.

„Ian ...", rief sie leise nach hinten. „Du kannst raufkommen. Hier ist nichts."

In der Dunkelheit des Laderaums hob sich Ians Gesicht als weißes Oval ab. Es schwankte leicht, schwebte hin und her, kam aber nicht höher.

„Also, ich verschwinde hier." Reene stieg das letzte Stück hinauf und trat auf das Deck. Dabei setzte sie die Füße mit festem Tritt auf.

Hinter ihr begann ein eiliges Scharren. Dann stand Ian neben ihr. Sein Gesicht war vor Angst verzerrt, in den Augen lag ein gehetzter Ausdruck. „Wir müssen uns in ein sicheres Versteck zurückziehen."

Reene nickte. „Ja, klar." Und dabei dachte sie: Wohin denn nur? Sie ging um die Lukenabdeckung herum und leuchtete mit der Taschenlampe voraus.

„Die Kapitänskajüte", sagte Ian plötzlich. „Dort können wir die Tür abschließen und dann noch verschiedene Gegenstände davor aufbauen und uns verbarrikadieren. Mach schnell!" Er schob sich an Reene vorbei und rannte los, in den Lichtschein der Taschenlampe hinein.

Reene hörte ein leises Plätschern hinter sich und schwenkte die Taschenlampe zurück.

„Hey!" Ians eilige Schritte verlangsamten sich, wurden zu einem Stolpern. Und dann war Stille.

Es war nur ein kleines Rinnsal, das seitlich an der Lukenabdeckung entlangfloss. Vielleicht kam das ganze Wasser, durch das sie watete, aus dem Maschinenraum, wenn das Schiff in ein Wellental eintauchte ...

Ein gellender Schrei ließ Reene herumfahren.

Spuren

Als Reene sich umdrehte, stieß sie mit der Taschenlampe gegen die Lukenabdeckung. Die Taschenlampe flog ihr im hohen Bogen aus der Hand und kollerte über das Deck. Dabei schoss der Lichtstrahl über die Decke, die Wände, die offene Tür, er fasste die Umrisse einer Gestalt und einen Haufen verstreuter Metallteile.

In der Dunkelheit stießen Schatten gegeneinander und wirbelten herum. Ein Scharren, ein lauter Plumps, dann ein tiefes Fauchen ...

Reene konnte die Taschenlampe mit den Fingerspitzen berühren, aber sie rollte wieder davon.

Ein verzweifeltes Keuchen war zu hören, dann ein wildes Durcheinander aus einem Hämmern und einem schlurfenden Kratzen, das sich in raschem Tempo entfernte.

Schließlich gelang es Reene, die Taschenlampe wieder an sich zu bringen. Sie richtete den Lichtstrahl auf die offene Tür ...

Und wieder war da einfach nichts. Kein Ian. Kein Geräusch, abgesehen von denen des Schiffs, das dem Toben der Elemente ausgesetzt war. Nichts als das Klappern der Tür und der leere Raum daneben.

„Ian ..." Mühsam rappelte sich Reene hoch.

Das Schiff schlingerte, und in einiger Entfernung war ein Klirren zu hören.

„Ian!" Reene hielt die Taschenlampe vor sich und ging

auf die offene Tür zu. Dann schob sie sich an der Tür vorbei und trat in den schmalen Korridor zwischen dem Loch, das der überflutete Maschinenraum war, und der Reihe geschlossener Türen. Eine der Türen stand jetzt allerdings offen, sie war gewaltsam aufgebrochen worden. Der Vorratsraum.

Im Schein der Taschenlampe waren Spuren zu erkennen, weiße Spuren am Fußboden und an der Wand. Fußspuren. Und sonderbar verdrehte Ballenabdrücke – davon gab es mehr als von den Fußspuren. Alle weißen Spuren fingen an der Tür zum Vorratsraum an. Es sah aus, als hätte jemand auf Ian Jagd gemacht.

Kein Blut, dachte Reene und rief sich gleich darauf zur Ordnung. Hör bloß auf damit!

„Ian?“, rief sie leise. „Wo steckst du nur?“

Sie hangelte sich durch den Korridor, mit einem Fuß an der Wand und einem auf dem Fußboden. An der Tür zum Vorratsraum blieb sie stehen.

Dort herrschte ein heilloses Durcheinander. Überall lagen Dosen herum. Kisten waren aufgerissen worden, in Getreidesäcken klafften Risse. Jemand war über einen Mehlsack hergefallen, als handelte es sich um ein Lebewesen – der Sack war zerkratzt und aufgeschlitzt, und man sah ihm an, dass er herumgeschleudert worden war.

Und Ian war hier hereingerannt.

Reene leuchtete mit der Taschenlampe durch den Korridor. Sie setzte dazu an, noch mal nach Ian zu rufen. Und brach ab.

Es hat ihn erwischt. Mit zitternden Knien lehnte sie sich an die Wand. Was hat dieses Untier mit ihm vor? Wenn es sich um eine Riesenspinne handelt, dann ...

Nein, so geht das nicht. So darf ich nicht denken. Auf keinen Fall.

Sie löste sich von der Wand.

Was kannst du unternehmen?

Langsam, mit lautlosen Schritten, schlich sie durch den Korridor. Dabei spitzte sie angestrengt die Ohren nach jedem noch so leisen Geräusch, das sich vom ständigen Lärmen des Schiffs unterschied. Sie konnte sogar ihren eigenen Herzschlag hören.

Ob ich schreiend losrennen und auf Gegenstände einhämmern soll, damit dieses Untier Angst bekommt, von Ian ablässt und wegläuft?

Der Lichtstrahl der Taschenlampe fiel auf einen großen Schraubenschlüssel, der zwischen der nach oben führenden Treppe und einem Rohr eingeklemmt war. Reene griff danach, wog das Gewicht in den Händen und holte tief Luft.

Also gut, dann mal los. Du musst ein Getöse veranstalten. Schreien. Drauflosrennen.

Sie hob den Schraubenschlüssel über das Geländer, packte fester zu – und sackte in sich zusammen wie eine Stoffpuppe, aus der die Füllung rieselt.

In diesem Augenblick wurde ihr klar, dass sie das nicht konnte. In der Dunkelheit lauerte dieses Untier, beobachtete sie vielleicht sogar, und jeder Ton, den sie von sich gab, konnte das Untier auf ihre Fährte locken. Dunkle Schreckensbilder stiegen vor ihr auf. Ihr Mut schwand dahin, bis nichts mehr davon übrig war.

Der Schraubenschlüssel lastete schwer in ihrer Hand, als sie die schwankende Treppe hinaufstieg. Schließlich erreichte sie den Korridor, der zur Tür nach draußen führte. Durch diese Tür war sie zusammen mit Ian in die *San Felipe* eingestiegen und hatte sie dann zugemacht. Die Tür befand sich oben an einer steilen Schräge. Durch das Bullauge waren schwarze Wolken und sprühende Gischt zu sehen, aber an der anderen Tür, der unteren, jagte eine Welle vorbei. Reene warf einen Blick auf die Kajüte mit der nackten Frau – so nah bei den Wellen – und setzte ihren Aufstieg fort. Immer schön langsam.

Ganz schwach regte sich ein Gedanke in ihr, nur flüchtig, nicht richtig zu Ende gedacht. Aber Ian braucht dich doch ...

Er ist tot! Alles klar?

Reene kam am oberen Korridor an. Die Geräusche rings um sie herum jagten ihr ebenso Angst ein wie die schleichenden Schatten hinter und vor ihr. Sie leuchtete mit der Taschenlampe die Wände ab. Nichts – und die Tür zur Kapitänskajüte war geschlossen.

Ihr sehnlichster Wunsch war ein Ort mit dicken Mauern, ein Ort, an dem sie sich einschließen konnte, fort von diesem Untier und dem Sturm. Ein sicherer Ort.

Mühsam kämpfte sich Reene den Korridor hoch und versuchte die Tür zur Kapitänskajüte aufzustoßen.

Aber die Tür war von innen verrammelt.

Sie versuchte einen klaren Gedanken zu fassen. „Ian?"

Hinter der Tür regte sich nichts.

„Ian? Mach auf. Ich bin's. Reene."

Kein Mucks.

Reene betrachtete die verschlossene Tür. Einen Augenblick lang lösten sich ihre dunklen Ängste und wichen heftigem Zorn, der wie ein Funke in ihr aufloderte.

„Du bist da, Ian“, rief sie. „Das weiß ich genau. Hör mal, das kannst du mit mir nicht machen!“

Sie ging einen Schritt zurück und trat mit voller Wucht gegen die Tür.

Der Stuhl, der unter den Türknauf gestemmt war, rutschte weg, und die Tür flog auf.

In der hintersten Ecke der Kajüte, eingeklemmt zwischen Bett und Kommode, kauerte Ian. Er hatte die Knie bis zum Kinn hochgezogen und blickte mit weit aufgerissenen Augen starr vor sich hin.

Im Mauseloch

Reene leuchtete kurz die Kajütenwände ab. Dann trat sie ein, machte die Tür hinter sich zu und lehnte sich schlaff dagegen.

„Okay“, sagte sie, merkte aber selbst, wie zittrig sie sich anhörte.

Ian rührte sich nicht.

„Hey, ich bin's“, sagte Reene.

Aber Ian sah einfach durch sie hindurch.

Schließlich lenkte Reene den Strahl der Taschenlampe von seinem Gesicht fort. Sie löste sich von der Tür, ging mit wackeligen Beinen zum Bett und setzte sich darauf. „Ich dachte schon, dieses Ding hätte dich ...“

Mit einem Satz sauste Ian plötzlich durch die Kajüte. Er schnappte sich den Stuhl, klemmte ihn unter den Türknauf, stellte noch einen zweiten Stuhl darauf und warf sämtliche Kleidungsstücke aus dem Schrank darüber. Blitzartig zog er sich danach wieder in seine Ecke zurück.

„Alles in Ordnung mit dir?“ Reene schüttelte über ihre eigene Frage den Kopf. „Nein, natürlich nicht.“

Statt einer Antwort bohrte Ian die Fäuste in die Augen.

„Was ist denn passiert?“

Diesmal reagierte er mit einem flüchtigen, kaum wahrnehmbaren Kopfschütteln.

„Nichts? Oder möchtest du’s mir nicht sagen?“ Der tanzende Lichtschein der Taschenlampe kam zur Ruhe und wurde einen Augenblick lang schwächer.

Ian nahm die Fäuste von den Augen und betrachtete seine Hände.

„Ich mach die Taschenlampe lieber aus, die Batterie lässt schon nach. Okay?“

„Du hast mir das Licht weggenommen“, sagte Ian mit belegter Stimme.

Reene knipste die Taschenlampe wieder an. Erst dann begriff sie, dass er von vorhin sprach. „Tut mir Leid. Ich dachte, hinter mir wäre etwas.“

„War’s aber nicht. Es war vor mir, neben mir.“

„Hat es dir etwas getan?“

„Ob es mir etwas getan hat? Es war überall. Ich konnte es spüren, mit Händen greifen. Dicke Haare und etwas, was sich wie altes Leder anfühlte. Ich bin gerannt, und da wurde es zu einer Mauer aus Haaren, einer harten Mauer aus Haaren, und alles um mich herum war in Bewegung. Ich wollte wieder zurück, weg von den Haaren, aber dort war es auch, wie ein dickes, dickes Seil ...“ Ein Schauder durchlief ihn.

„Aber du bist entkommen."

Ian sah Reene aus großen Augen an. Er wirkte fast erstaunt. „Ja, das stimmt. Ich bin entwischt. Ich bin gerannt, und dann war nichts mehr da."

„Hat es Jagd auf dich gemacht?"

Er ruckte mit dem Kopf, nickte ein Ja.

„Aber es hat aufgegeben. Als ich heraufkam, war es nicht mehr dort draußen."

„Dann ist's ja gut."

Reene legte den Schraubenschlüssel und die Taschenlampe ans Fußende des Betts. Jetzt konnte der Schein der Lampe Ians Gesicht nicht mehr erreichen. „Was ist es denn nun?"

„Woher soll ich das wissen?"

„Du hast es berührt. Du hast es gesehen."

„Nein."

„Was: nein?"

„Ich hab es nicht gesehen. Es war doch dunkel. Ich hab es nur gespürt und gehört, das ist alles."

„Und was hast du gehört?"

„Schweres Atmen und ein Klicken, so als würden Zähne aufeinander schlagen, und dann noch ein komischer Laut, der tief aus der Kehle kam, wie das Winseln eines Hundes, aber doch wieder ganz anders. Ich weiß auch nicht."

Reene versuchte, sich aus dem, was Ian ihr erzählt hatte, ein Bild zu machen, aber dazu war sie zu müde. Vielleicht war es ja doch keine Riesenspinne.

Ian sah mit starrem Blick zur Tür hin. „Ich hab gehört, wie es vorbeigehuscht ist, ganz schnell. Als es Jagd auf mich machte. Und es ist am Geländer hochgesprungen. Die Treppe hat es gar nicht benutzt. Ich konnte hören, wie das Geländer hinter mir quietschte – und dann fing das Geländer vor mir an zu schwanken ...“

Vielleicht war es noch etwas Schlimmeres als eine Riesenspinne.

„Und ich konnte es riechen.“

„Wonach hat es denn gerochen?“

„Das war, als es um mich herum war. Es roch nach Rost, und dann war da noch ein Gestank, faulig und vielleicht ein bisschen wie Pisse. Und Mehl.“

„Mehl.“ Das Wort erstarb Reene auf den Lippen. Mehl war auf dem Fußboden im Vorratsraum verstreut gewesen, aber sie war jetzt zu müde, um darüber nachzudenken. Sie zog ihre bleischweren Beine aufs Bett hoch und ließ sich nach hinten auf das Kissen fallen.

„Reene?“

„Ja?“ Mit geschlossenen Augen lauschte sie dem Wüten des Sturms. Das Bett ritt einen wilden Galopp und glitt in die Dunkelheit hinein.

„Ich habe Angst, Reene. Schreckliche Angst.“

„Ja.“ Sie war auch zu müde, um ihm zu helfen, konnte jetzt niemandem mehr helfen. „Ich auch.“

„Ach.“ Der Funke Hoffnung in Ians Augen erlosch.

Aber irgendwie hatte sich diese lähmende Angst ein wenig gelegt. Hinter der Kajütentür lauerte ihnen ein Ungeheuer auf, und sie befanden sich auf einem sinkenden Schiff inmitten eines Zyklons, aber sie war jetzt so erschöpft, dass sie zu keinen großen Gefühlen mehr fähig war.

Der Schraubenschlüssel fiel vom Bett herunter und landete mit einem dumpfen Knall auf dem Fußboden.

„In solchen Situationen tauge ich nicht viel“, sagte

Ian. „Mein Vater weiß das auch. Er sagt, dass ich mich selbst vor einer Muschelschale fürchte und vor jedem Hund auf der Straße. Und dass ich mir bei einem Platten ein neues Fahrrad kaufen muss, weil ich ein Loch im Schlauch nicht flicken kann ... Wenn er jetzt doch nur hier wäre!"

Reene spürte, wie ihr Körper ihr langsam entglitt.

„Einmal waren wir Zelten. Auf einer kleinen Insel. Ich musste nur das Lagerfeuer hüten, während mein Vater Holz holte. Dann kam ein Windstoß, und fast wäre die halbe Insel abgebrannt. Nachdem wir das Feuer gelöscht hatten, sagte mein Vater, ich wäre zu nichts zu gebrauchen. Damals hat er mir den Namen Nichtsnutz verpasst. So nennt er mich auch jetzt noch."

Das Auf und Ab des Schiffs kam Reene jetzt sanfter vor. Ihr wurde allmählich wohlig warm.

„Aber ich wünsche mir sehr, er wäre jetzt hier."

„Ian." Reene brachte das Wort nur undeutlich heraus.

„Dann könnten wir eine Lösung finden ..."

„Halt endlich die Klappe."

Ian, eingeklemmt zwischen Kommode und Bett, verstummte. Draußen tobte der Sturm.

Allein

Lange starrte Ian die Tür an. Er war wie benommen, aber schließlich begann er Reenes gleichmäßigen Atemzügen zu lauschen. Ihr Mund kräuselte sich leicht, wenn die Luft durch ihn hindurchstrich.

Sie hat dich verlassen, dachte er trübsinnig. So wie Dad und Ma. Wie alle.

Du bist allein. Vollkommen allein.

Wie konnte sie dir das nur antun?

Er streckte die Hand aus, hielt sie über Reenes Bein in der Schwebe und zog sie wieder zurück.

Wenn du doch auch so schlafen könntest! Und dann aufwachen und feststellen, dass alles vorüber ist.

Die *San Felipe* glitt eine turmhohe Welle hinunter. Ian wurde zur Seite geschleudert. In den Korridoren klirrte und polterte es, und er konnte hören, wie das stählerne Skelett des Schiffs klapperte.

Und wenn eine riesige Welle dem Schiff das Rückgrat brach? Eine einzige Welle genügte.

Es kam ihm so vor, als würde die Taschenlampe auf Reenes Bett jetzt schwächer leuchten.

Sogar die Taschenlampe lässt dich im Stich. Warum auch nicht? Alle anderen tun es ja auch. Lassen dich in der Finsternis allein.

Zusammen mit diesem Untier ... Ian presste die Faust an den Mund und biss in die Handknöchel, bis er nahe am Heulen war.

Pepis. Der sabbernde Hund mit seinen kaputten Zähnen schob sich in seine wirren Gedankenfetzen. Vor seinem geistigen Auge bildete sich die Schnauze heraus, das zottelige braune Fell mit den alten Narben, die kurzen, stämmigen, weit auseinander stehenden Beine, auf denen er wie ein Panzer hin und her schwankte. Und die Augen, Schlangenaugen, die immer nach ihm Ausschau hielten.

O ja! Monatelang hast du auf der Straße das große Zittern gekriegt. In Pepis' Straße. Auch wenn er im Garten eingeschlossen war, bist du auf dem Heimweg Hals über Kopf die Straße entlanggerast, oder du hast einen Bogen um den ganzen Häuserblock geschlagen, um nicht an diesem Garten vorbeizumüssen. Aber Pepis mit seinem bösartigen Knurren war immer da, auch in deinen Träumen.

Wenn Pepis frei herumlief, bist du durch den Nachbargarten nach Hause gekommen und hinten über den Zaun gestiegen, während Pepis von der anderen Seite mit Schaum vorm Maul zusah. Dad hat das auch gesehen. Und hat darüber gelacht ...

Ian nahm die Faust vom Mund und musterte die weißen und roten Gräben, die seine Zähne in der Haut hinterlassen hatten, als handelte es sich um ein Fossil aus der Urzeit.

Aber irgendwann bist du nicht mehr davongerannt und hast genauer hingesehen. Oh, auch danach war Pepis immer noch ein bedrohlich wildes Tier, aber es hatte einen schiefen Gang und war ein bisschen dumm. Damit saß der Drache im Käfig. Nach einiger Zeit bist du in aller Ruhe deine Straße entlanggegangen, und Pepis scheuchte die Katzen durch die Gegend, anstatt auf dich Jagd zu machen.

Nein.

Mit einem Ruck hob Ian den Kopf und betrachtete die schwächer werdende Taschenlampe.

Nein, du lässt mich nicht im Stich!

Er riss die Taschenlampe vom Bett herunter und knipste sie aus. Die dunklen Schatten stürzten sich auf ihn, und er ließ den Finger noch lange am Schalter der

Taschenlampe liegen, bis er ihn schließlich wegnahm. Es gab auch jetzt noch ein wenig Licht, ein gezacktes Flackern an den Wänden und der Decke – der Sturm griff durch die Bullaugen nach ihm. Aber dieses Flackern war zu schwach, um die Dunkelheit zu durchdringen. Die mit den Stühlen gesicherte Tür war weg. Verschwunden. Und auch die darüber geworfenen Kleidungsstücke waren fort, und dort draußen im Korridor bewegte sich etwas ...

Das ist schlimmer als Pepis. Viel, viel schlimmer.

Allmählich konnte Ian etwas besser sehen. Seine Augen rückten die Tür wieder in ihren Rahmen. Das zuckende Licht eines Blitzstrahls fiel durch das Bullauge über dem Bett, beleuchtete Reenes schlafendes Gesicht und vermittelte ihm ein Bild von einem kleinen Mädchen mit leicht geöffnetem Mund. Feuchte Haarsträhnen hingen ihr über die Backe, und unter den Augen sah er Tränenspuren. Die Draufgängerin war verschwunden.

Okay, dachte er. So schlimm ist es ohne Licht gar nicht. Und es ist auch nicht so schlimm, allein zu sein, oder? Daran bist du schließlich gewöhnt.

Mit einem tiefen Atemzug löste er sich von seiner Ecke und stand auf.

Die Kajüte kippte nach vorn und neigte sich zur Seite, aber das war schon schlimmer gewesen. Ian trat an das Bullauge, das sich auf der anderen Seite der Kommode befand. Er wollte feststellen, ob der Bug noch zu sehen war, aber dann blieb er unsicher stehen.

Wozu willst du den Bug sehen? Wenn er nicht mehr zu sehen ist, bedeutet das, dass wir schnell sinken. Und du kannst nichts dagegen tun.

Du fürchtest dich doch nicht etwa, oder?

O doch, und wie!

Aber dennoch stieg er auf das Sofa mit dem Kunststoffbezug und schaute hinaus. Hohe Wellen wälzten sich auf ihn zu, sowohl außen am Rumpf als auch im Schiff selbst, sie schlugen gegen die Ladebäume und schwappten über die Lukendeckel. Den Ausleger, auf dem sie an Bord gekommen waren, hatte der Sturm dicht am Bullauge gegen eine Seilwinde gerammt, doch den Bug konnte Ian nicht sehen. Er wollte schlucken, konnte aber nicht.

Dann sprühte in der Dunkelhaut Gischt in die Luft, sodass die Bugreling und der kurze Mast erkennbar wurden. Es war, als würden Sturzwellen über das Schiff marschieren und es dazu zwingen, sich dem Sturm und dem Regen zu stellen. Das Wüten des Sturms sah genauso schlimm aus wie zuvor und hörte sich auch unverändert schlimm an, aber dennoch hatte Ian das Gefühl, dass es ein wenig besser geworden war.

Als Ian vom Sofa herunterstieg, hatte sich seine wilde Panik in totale Angst verwandelt. Immerhin, ein wenig besser. Er langte nach dem Lichtschalter neben der Tür und knipste mehrmals daran herum, ohne damit zu rechnen, dass sich etwas tun würde.

Genau wie im Haus, dachte er. Tote Leitungen, und rundum tobt der Sturm. Aber hier ist es schlimmer. Im Haus gab es noch das Radio, nachdem die Lampen und das Telefon ausgefallen waren ...

Das Radio.

Ian legte die Hand flach auf den Lichtschalter. Auf diesem Schiff muss es ein Radio geben. Ein Funkgerät.

Wie blöd kann man eigentlich sein? Du kannst etwas tun. Du brauchst nur das Funkgerät zu finden, es anzustellen und einen Hilferuf zu senden!

Ian fegte die Kleider von den Stühlen.

Aber vielleicht funktioniert es nicht mehr. Vielleicht wird es von den Motoren betrieben. Und alle Maschinen stehen unter Wasser. Ach Quatsch, selbst Reenes schäbiges, kleines Radio hatte Batterien, auf die man zurückgreifen konnte.

Mit beiden Händen packte er den Stuhl, der unter den Türknauf geklemmt war. Doch dann wich er davon zurück.

Dort draußen ist dieses Untier.

Er trat zurück, bis er am Sofa angekommen war. Dann setzte er sich und betrachtete die Taschenlampe in seiner Hand, schaute danach zum Stuhl hin, beobachtete das schwindende Licht in der Kajüte, die Tür, die schlafende Reene, den Sturm, der vor dem Bullauge tobte.

Weck sie auf. Sie wird wissen, was zu tun ist; darin ist sie fast so gut wie Dad. Aber was kann sie gegen dieses Untier da draußen schon ausrichten? Lass sie in Ruhe. Sie könnte ohnehin nichts tun.

Aber sie würde etwas tun. Wenn du sie aufweckst, wird sie etwas unternehmen.

Okay, aber was?

Sie würde als Erstes hier rausgehen, ohne sich um dieses Untier zu scheren. Und sie würde bestimmt das Funkgerät suchen.

Na, dann weck sie doch. Soll sie sich diesem Untier stellen!

Ian blickte quer durch die Kajüte zu Reene hinüber,

die schlaff und erschöpft dalag. Ein Arm baumelte zum Fußboden herab.

Dad würde von dir erwarten, dass du das tust.

Ian stand auf. Langsam, mit unsicheren Schritten, durchquerte er die Kajüte und stellte sich vor Reene hin.

Eine Weile verharrte er in untätigem Warten. Schließlich bewegte er sich auf die Tür zu. Dann war der Stuhl in seiner Hand, sauste durch die Luft und landete hinter ihm. Er drehte am Knauf, die Tür öffnete sich. Ein kalter, nasser Windhauch strich ihm durchs Gesicht. Und dann betrat er den dunklen Korridor.

Ian musste blinzeln, so als hätte auch er geschlafen. Er kauerte sich an der Wand zusammen und ließ den Blick in alle Richtungen schweifen. Sein Atem ging stoßweise, mit einem leisen Zischen. Er konnte spüren, wie ihm das Herz in der Brust pochte und in den Ohren hämmerte. Als er mit den Fingern seine Handflächen rieb, hob er überrascht die Taschenlampe hoch. Er hatte ganz vergessen, dass er sie dabeihatte.

Mach sie nicht an! Sonst weiß das Untier, wo du bist.

Mit angehaltenem Atem spitzte Ian die Ohren. Die nassen Haare flogen ihm ins Gesicht, während das Schiff sich ächzend hin und her wand. Langsam sah er zur schattendunklen Wand hinüber und blickte den Korridor entlang.

Nein, es ist nicht da.

Jetzt gestattete er es sich wieder, langsam und lautlos Atem zu holen. Dann zog er die Tür zur Kapitänskajüte hinter sich zu, hielt die Taschenlampe wie einen Knüppel hoch und trat einen Schritt in den Korridor hinein. Immer noch nichts.

Also gut, immer einen Schritt nach dem anderen. Einen ganz kleinen Schritt ...

Er schob den Fuß ein Stück zur Seite und blieb an etwas Hartem, Metallischem hängen, das gleich darauf ins Rollen geriet und den schrägen Korridor hinunterpolterte. Erschrocken wich Ian an die Wand zurück und versuchte angestrengt, das Dunkel ringsum mit den Blicken zu durchdringen.

Dieses Untier ist nicht da, klar? Vielleicht ist es in der Küche und frisst. Die ist aber unten.

Das Stück Metall kam klirrend zu ihm zurück. Als er es von sich stieß, rollte es an ihm vorbei und knallte gegen eine Tür. Eine kaputte Lampe.

Vergiss dieses Untier. Du suchst den Funkraum. Der muss oben sein, an der Brücke.

Ian durchquerte den Korridor und stieg langsam die Treppe hoch, eine Stufe nach der anderen, auf ein flackerndes Licht zu. Als er mit den Augen auf gleicher Höhe mit dem Oberdeck war, blieb er zögernd stehen und nahm die fleckigen Planken und die hoch aufragenden Türen in Augenschein. Die Perspektive einer Ameise. Und im ersten Augenblick empfand er auch die Panik einer Ameise, als etwas auf ihn zukam. Er warf den Kopf in den Nacken und setzte zu einem Schrei an ... Aber es handelte sich nur um eine verrostete Schraube.

Er stieg die letzten Stufen hoch und betrat eine kleine Plattform neben der Brücke. Dort war es heller, ungefähr so, als käme er aus einer dunklen Höhle und trete in einen wolkenverhangenen Tag hinaus. Er schaute durch das Fenster in der hinteren Tür und sah, dass der rot gestreifte Schornstein immer noch von Seetang gepeitscht wurde, der sich in einem Draht verfangen hatte, dabei aber weiterhin zu den wirbelnden Wolken emporragte. Ihm fielen die schwarzen Gewitterwolken ein, die er vom Bullauge der Kapitänskajüte gesehen hatte. Jetzt verblasste das Schwarz zu einem fahlen Grau. Hieß das, dass der Sturm tatsächlich nachließ?

Eine gewaltige Welle drückte das Schiff so heftig zur Seite, dass Ian hin und her geschaukelt wurde und beinahe die Treppe hinuntergefallen wäre.

Das fühlt sich nicht so an, als hätte sich der Sturm gelegt, dachte Ian.

Er packte den Knauf der Tür vor ihm und zog. Im Inneren des Raums befanden sich lange Papierrollen – Seekarten, auf denen Rost und Wasser Flecken hinterlassen hatten, außerdem einige alte Instrumente und ein paar Kisten. Kein Funkraum. Aber das war es mal gewesen.

An den Wänden waren alte Leitungen zu sehen, und von der Decke verlief ein Kabel an der Wand entlang und durch den Fußboden.

Der Funkraum war verlegt worden.

Ian drehte sich um und starrte in das Dunkel unter ihm. Er schloss kurz die Augen und machte sich dann langsam auf den Weg nach unten, in die dunklen Schatten hinein, die ihn umfingen.

Er betrat den schaukelnden Korridor und bog um die Ecke in einen anderen Korridor, der zum Heck führte. Direkt unter dem Raum, aus dem er kam, entdeckte er eine Tür, die nur noch lose in den Angeln hing. Er stieß sie weiter auf.

Aus der tiefschwarzen Dunkelheit blinkte ihm etwas Grünes entgegen.

Kontakt!

Als Ian sah, dass ein grüner Lichtschein auf seinen Arm fiel, zuckte er vom Türknauf zurück.

Aber das ist doch gut, sagte er sich. Sogar bestens.

Er trat in den dunklen Raum. An der Wand baumelte ein großer Kasten mit Skalen und Lämpchen, die grün blinkten. Es gab graue Aktenschränke, Karten, die von der Decke bis zu den Aktenschränken reichten, einen Tisch und einen umgekippten Stuhl. Aber wichtig war nur der grün leuchtende Kasten.

Es war ein Funkgerät. Und es hatte eine Energieversorgung.

Ian stellte den Stuhl auf und setzte sich an den Tisch vor dem Funkgerät. Es hatte ein paar halbmondförmige Anzeigen mit leuchtenden Zeigern, viele Ziffern und Buchstaben an der Frontskala und jede Menge Knöpfe und Schalter.

Was mach ich damit?, dachte er.

Er streckte den Arm aus und berührte einen Knopf, woraufhin der gesamte Kasten ins Schwanken geriet. Eine der Halterungen, mit denen das Gerät an der Wand befestigt war, hatte sich gelöst und baumelte herunter. Behutsam drückte Ian das Gerät an die Wand und griff wieder nach dem Knopf.

Nein!

Er zog die Hand zurück.

Der Funker hat das Gerät doch sicher auf Senden geschaltet, dachte er. Bestimmt hat er zu einem anderen Schiff Kontakt aufgenommen, bevor er von Bord ging. Ist doch klar, oder? Du brauchst also nur loszulegen. Aber wie?

Auf dem Tisch vor ihm gab es kein Mikrofon. Nur das Funkgerät war da und leuchtete grün in der Dunkelheit.

Was denn nun? Muss ein Funkspruch gemorst werden? So alt kann das Schiff doch gar nicht sein ...

Dann sah er, dass ein Kabel aus dem Gerät kam und über die Tischkante hing. Er zog daran und hörte, wie etwas über den Boden schleifte. Nach einigem Ziehen hielt er ein schwarzes Mikrofon aus Kunststoff in der Hand.

Es jagte ihm eine Heidenangst ein, als er es betrachtete. Mehr als der Sturm, vielleicht sogar mehr als dieses Untier.

Also, was machst du jetzt damit?

Einfach reinsprechen.

Und was sagt man?

Keine Ahnung.

Na, toll.

„Hallo?“, sagte Ian.

Das Funkgerät gab kein Knattern und kein Rauschen von sich. Es war nur einfach still und leuchtete vor sich hin.

„Äh, eins, zwei, drei ...“

Nichts. Ian betrachtete den Kasten, die bewegungslosen Zeiger auf den Halbmond-Anzeigen, die leuchtenden Schalter. Mutlosigkeit überkam ihn, das lähmende Gefühl, versagt zu haben. Mal wieder.

Nur ... nur dass in einer Gruppe von Schaltern einer

nach oben stand, zur Decke hin, während die anderen zum Fußboden hinunterzeigten.

Ian drückte den oberen Schalter nach unten. Und ein leises, zischendes Knistern war zu hören.

„Ja!“ Ian schwenkte das Mikrofon wie einen Knüppel.

Und dann ließ sich ganz schwach eine raue Männerstimme vernehmen. „... haben jetzt alle. Gerade wurde der Skipper aus dem Wasser gefischt. Bitte kommen.“

Ian grinste von einem Ohr zum anderen.

Jetzt sprach ein anderer Mann, der beim Reden Silben verschluckte. „Die Yacht ist die *Amazone*, oder? Bitte kommen.“

Aber jetzt musste er etwas sagen. Ian hielt sich das Mikrofon vor den Mund, und sein Grinsen verschwand.

„Ja. Ich wiederhole, es ist die ...“

„ Äh, Verzeihung“, sagte Ian.

„... *Amazone*. Hier spricht ...“

Sie hören dich nicht, dachte Ian. Er betrachtete das Mikrofon, entdeckte an der Seite einen Schalter und drückte darauf.

„Was wird jetzt aus der Yacht?“

Ian holte tief Luft.

„Die säuft ab. Wirklich ein Jammer. Wie's aussah, war das ein richtig hübsches Boot ...“

„Hallo?“, rief Ian.

Der Mann mit der rauen Stimme brach ab. Das Funkgerät zischte laut, quer durch den düsteren Raum bis auf den Korridor hinaus. Von dort war ein leises Reiben zu hören.

„Hast du was gesagt?“, fragte die raue Stimme.

Sie können dich hören. Sie hören dich! „Hilfe!“

„Nein, das ist nur Hintergrundrauschen. Steht es denn eindeutig fest, dass die *Amazone* untergegangen ist?"

„Hilfe, Hilfe!"

„Ja. Ich hab mit eigenen Augen gesehen, wie der Mast unter Wasser verschwand."

Sie hören dich immer noch nicht. Weil die Batterien so schwach sind und ständig schwächer wurden, während du dich auf dem Schiff herumgetrieben hast. Wirklich schlau.

„Immerhin", sagte der Silbenverschlucker. „Jetzt kann es wenigstens keinen Zusammenstoß mit einem anderen Schiff geben ..."

Aber eine Ecke war rot gestrichen und trug die Aufschrift BAT. Dort gab es zwei Schalter, einen zum Ein- und den anderen zum Ausschalten.

Könnte es sein, dass es eine Ersatzbatterie für Notfälle gab? Eine Batterie, die der Funker nicht verwendet hatte ...

Ian drückte auf den Schalter, und sofort wurde das Leuchten am Funkgerät stärker.

„Hier draußen gibt's schon genug Zerstörung, das kann ich dir versichern", sagte die raue Stimme.

„Hilfe!", schrie Ian.

„Ja ... Moment mal", sagte der Silbenverschlucker. „Ist da jemand?"

„Hilfe!", stieß Ian voller Erleichterung hervor. Da gab es doch etwas, ein bestimmtes Wort, das man in solchen Situationen verwendet. „Ach ja, Mayday, Mayday."

„Das ist doch nur ein Junge", sagte die raue Stimme verärgert. „Der spielt hier rum ..."

„Kein Spiel ...", sagte Ian und drehte sich dabei um.

„Verschwinde aus der Frequenz, Junge! Wir haben zu tun“, schrie der Silbenverschlucker.

„Wir sinken ...“ Ian rutschte mit dem Stuhl zur Seite, während er nach Worten suchte.

„Hau ab! Mach dich weg!“

Erschrocken wich Ian zurück. Am liebsten wäre er gegangen und hätte das Ganze vergessen. Aber das konnte er doch nicht tun, oder? Er hielt sich das Mikrofon dicht an den Mund und drückte den Schalter nach unten. „Wir ...“

„Hör zu, Junge! Bereits jetzt, in diesem Augenblick, ist dir die Polizei auf der Spur. Mit deinen dummen Scherzen und deinen Hilfeschreien bringst du andere in Gefahr. Wenn heute jemand stirbt, sorge ich dafür, dass du dafür zur Verantwortung gezogen wirst. Ist das klar?“

Ian kniff die Augen fest zusammen und machte weiter. „Wir sind auf einem sinkenden Schiff mitten in diesem furchtbaren Sturm! Wir brauchen Hilfe!“

Der Silbenverschlucker hörte sich etwas beherrschter an, aber auch seine Stimme klang feindselig. „Wie heißt du?“

„Ian Foster.“

„Wo sind deine Eltern, Ian Foster?“

„In Mackay. Glaub ich jedenfalls.“

„Und außer dir ist niemand auf dem Schiff, Ian Foster? Bitte kommen.“

„Doch, Reene. Reene Marshall.“

„Wer ist das? Eine Tante? Bitte kommen.“

„Eine ... eine Freundin.“

„Wo ist sie jetzt? Bitte kommen.“

„Sie schläft.“

„Sie schläft?“ Die Stimme des Silbenverschluckers nahm plötzlich einen besorgten Tonfall an. „Oder sie ist bewusstlos. Wo bist du, Ian?“

„Das weiß ich nicht.“

„In einem Hafen? Dem Hafen von Mackay?“

„Wir treiben auf dem Meer. Der Sturm hat uns hinausgeweht, und wir wissen nicht, wo wir sind.“

„Wo wart ihr denn, bevor der Sturm euch aufs Meer geweht hat, Ian?“

„In Albatross Beach.“

„Albatross Beach hat doch gar keinen Hafen.“

„Ich weiß. Das Schiff war einfach da ...“

„Albatross Beach wurde dem Erdboden gleichgemacht. Wir wussten nicht, dass sich jemand dort aufhält.“

„Es war auch keiner da. Nur wir.“

„Das ist immerhin schon etwas. Wie heißt denn das Boot, Ian?“

„ Äh ...“ Im ersten Augenblick war Ians Kopf ganz leer, dann fiel es ihm wieder ein. „*San Felipe*.“

„*San Felipe*?“ Die Stimme des Silbenverschluckers wurde härter. „Das ist ein Frachter ...“

Am Türrahmen hinter Ian war ein leises Scharren zu hören.

„Ja, genau. Das ist das Schiff, auf dem wir sind.“

„Aber das ist untergegangen. Kapitän und Mannschaft wurden vom Massengutfrachter *Nodlage* aus ihrem Rettungsboot geborgen.“

„Es ist nicht untergegangen. Bis jetzt noch nicht. Die *San Felipe* ist hier, und wir sind darauf.“

„Wie seid ihr denn an Bord gekommen?“

Ein großer, dicker Wurm kam am Türrahmen um die Ecke. Mit einem rosa Bauch und einem schimmernden Stück Muschelschale auf dem Kopf. Den Rücken entlang sprossen zottige braune Haare.

„Die *San Felipe* wurde vom Sturm in Albatross Beach angetrieben. Als der Sturm sich gelegt hatte, sind wir über einen abgebrochenen Mast aufs Schiff geklettert. Aber der Sturm ist wiedergekommen und hat das Schiff aufs Meer hinausgeweht."

„Und das soll ich dir ..." Die Stimme brach ab.

„Hallo, hallo!"

Ein zweiter Wurm gesellte sich zu dem ersten.

Die Stimme des Silbenverschluckers kam wieder. „Ein abgebrochener Mast, sagst du? Der Kapitän der *San Felipe* hat berichtet, dass der vordere Kran weggerissen wurde. Na schön. Und sonst ist niemand da?"

Unsicher sah Ian auf das Mikrofon. „Nei-ein." Es wäre zu schwer gewesen, das Untier zu erklären. „Nur Reene."

„Habt ihr irgendwelche Notsignale?"

Ian drehte sich auf dem Stuhl um, als rechnete er damit, hinter sich einen Stapel Notsignale zu finden.

Er sah die dicken Würmer am Türrahmen. Und darüber ein einzelnes, dunkelbraunes Auge.

Mit einem gellenden Schrei sprang er auf.

Eine Veränderung

Verängstigt setzte sich Reene in der trüben Düsternis auf. Aus den dunklen Tiefen ihres Albtraums war ihr beim Aufwachen etwas gefolgt. So etwas wie ein Schrei, der ihr immer noch in den Ohren hallte.

Und irgendwo da draußen ertönte ein leiser Knall. Scharren und dann ein Schlag.

„Was ..."

Und ein Aufprall wie nach einem langen Sturz, wobei Holz splitterte und Metall sich verbog. Als das Geräusch verklungen war, herrschte auf dem Schiff einen Augenblick lang Stille.

„Ian?" Dann begriff sie, dass Ian nicht mehr bei ihr in der Kajüte war. Der Stuhl klemmte nicht mehr unter dem Türknauf, und die Kleidungsstücke waren auf dem Boden verstreut.

Blankes Entsetzen erfasste Reene. Das Untier ist hier eingedrungen und hat ihn gepackt, dachte sie. Vielleicht ist es ja noch hier!

Sie tastete nach der Taschenlampe.

Keine Taschenlampe da. Ist ja gut, ist ja gut, das Untier ist nicht hier. Es war nicht hereingekommen.

Aber der nächste Gedanke wühlte sie fast genauso auf wie ihre Angst vor dem Untier: Ian, dieser Hasenfuß, war allein dort hinausgegangen, in das sinkende Wrack, in dessen Korridoren ein Untier lauerte.

Warum?

Reene schwang die Beine aus dem Bett.

Weil dieser schlaffe Knabe auf einen schlauen Einfall gekommen ist und du nicht.

Und warum hat er dir nichts davon gesagt?

Weil du gepennt hast. Du hast geschlafen! Ist das zu fassen? Aber das ist jetzt ganz egal. Er ist da draußen, und er steckt in Schwierigkeiten. Du musst hier raus.

Zusammengekauert hockte Reene auf der Bettkante und bohrte sich die Finger in ihre Handflächen. Eine Weile lauschte sie den Geräuschen des Schiffs und des Sturms, dann stand sie auf und suchte im Schrank und in den Schubladen der Kommode nach einer Waffe, die sie in die lauernde Dunkelheit dort draußen mitnehmen konnte. Schließlich fand sie einen gebogenen Dolch in einer verzierten Lederscheide.

Dann ging sie zur Tür, drehte den Knauf und hielt ihn fest, während sie mit einem langen, flachen Atemzug nach Luft rang. Langsam zog sie die Tür zu sich heran und schaute ins Dunkel.

Sie versuchte zu rufen, aber ihr Hals war wie zugeschnürt. Nach einem leisen Hüsteln versuchte sie es noch mal. „Ian?“

„Ja.“ Ein tonloser Laut, der aber aus der Nähe kam.

Sie trat einen Schritt vor. Jetzt konnte sie die Treppe sehen, die hinauf zur Brücke führte und nach unten zum Maschinenraum. „Wo bist du?“

„Sieh dich vor, Reene.“ Seine Stimme war schwach und undeutlich. „Es ist da draußen.“

Sofort blieb sie stehen, presste sich an die Wand und sah wie gebannt auf jeden dunklen Schatten im Korridor. Ein alter Lappen lag auf dem Boden, sonst war nichts zu sehen.

Vermutlich kauerte Ian hinter der Treppe ...

Reene schob sich durch den Korridor vorwärts. Die Klinge funkelte in der Dunkelheit, als sie sich mit gezücktem Dolch zur Treppe wandte. Nichts.

Er war nicht hinter der Treppe. Dafür hatte die Stimme auch zu gedämpft geklungen.

Mit drei schnellen Schritten huschte Reene in einen kurzen Korridor, der zum Heck führte. Ein paar Meter entfernt konnte sie in einem runden Fenster einen Blitz zucken sehen. Hinter der Treppe war eine Tür. Vorsichtig stieß Reene dagegen.

Ian stand mitten in einem kleinen Raum, mit etwas Schwarzem in der Hand und einem zerknautschten Kasten zu seinen Füßen. Niedergeschlagen sah er Reene an.

„Ich hab's kaputt gemacht, Reene." Er zog an dem schwarzen Gegenstand, den er in der Hand hielt, und daraufhin ruckte der Kasten ein Stückchen zur Seite. „So läuft's immer."

Mit schräg gelegtem Kopf musterte Reene den Kasten. „Oh, ein Funkgerät!" An ein Funkgerät hätte sie gleich zu Anfang denken sollen, als der Sturm das Schiff aufs Meer hinaustrieb.

„Es war ein Funkgerät." Ian warf jetzt auch das Mikrofon zu dem zertrümmerten Gerät.

Reene kauerte sich vor dem Kasten hin und strich über die zerbrochene Glasscheibe. „Vielleicht können wir's reparieren ... Nein, das wohl nicht."

„Es war dieses Untier, hier in der Tür. Hast du's gesehen?"

„Nein. Wahrscheinlich hast du es verjagt."

„Als ich es sah, hatte ich solche Angst, dass ich einen Satz durch die Wand machen wollte. Ein großes braunes Auge und dicke Würmer mit ... mit Helmen. Wieso hab ich nicht einfach das Mikro losgelassen, bevor ich gesprungen bin?"

Reene sah Ian unverwandt an, und langsam breitete sich Erstaunen auf ihrem Gesicht aus. Es war eine Veränderung vorgegangen, entweder mit ihm oder mit dem Bild, das sie von ihm hatte. Was davon zutraf, konnte sie nicht beurteilen. „Das spielt doch jetzt keine Rolle mehr."

„Ja, das sagt mein Vater auch immer. Das spielt keine Rolle mehr, Ian hat's mal wieder kaputt gemacht – worum es sich auch handeln mag."

„Du bist ganz allein bis hier vorgedrungen. Meine Güte!"

„Ja, das war blöd. Ich hätte dich holen sollen."

Sie beugte sich zu ihm vor und stupste ihn an. „Hör schon auf. Ich hack doch gar nicht auf dir rum."

„Nicht?"

„Nein."

„Wieso nicht?"

„Weil du was unternommen hast. Ich bin nicht auf die Idee mit dem Funkgerät gekommen, und ich hätte mich auch nicht aus der Kapitänskajüte getraut und dabei riskiert, von dem Untier erwischt zu werden. Nicht allein. Aber du hast es gewagt."

Ian sah Reene aus großen Augen an. Ein unsicheres Zucken lief über sein Gesicht. „Ach ja-a-a-a ..."

„Aber ich halte dich immer noch für verrückt."

„Klar doch. Ich bin des Wahnsinns fette Beute." Und Ian lächelte.

„Ein äußerst seltsames Wesen. Wie eine Fledermaus."

„Die esse ich!"

„Ja, du kriegst das fertig." Reene zog die Nase kraus. „Mach dir nichts draus, das Funkgerät hätte sowieso nicht funktioniert – schau doch nur, die Lampen an der Decke brennen ja auch nicht."

„Aber es hat funktioniert.“

„Kein Strom – was, du hast es in Betrieb gesetzt?“

„Es hat eine Batterie. Ich hab gehört, wie zwei Typen sich über ein untergegangenes Boot unterhalten haben. Und ich hab mit ihnen geredet.“

Reene stockte der Atem. „Du hast eine Nachricht durchgegeben? Und sie konnten dich hören?“

„Ja, ein bisschen.“

„Warum hast du das nicht gleich gesagt? Jetzt ist es bald vorbei. Wir sind gerettet!“

Ian wandte den Blick ab.

„Was ist denn los?“

„Ich glaube, sie haben mir das nicht abgenommen.“

„Was hast du ihnen erzählt?“

„Dass wir hier allein sind, zwei Jugendliche ...“

„... auf einem verlassenen Frachtschiff inmitten eines Zyklons.“ Reene nickte langsam mit dem Kopf. „Das hätte ich auch nicht geglaubt!“

„Was hätte ich ihnen denn sonst sagen sollen?“

Mit hängenden Schultern lehnte Reene sich an die Wand. „Was machen wir jetzt?“

„Das weiß ich auch nicht.“

Reene versuchte, einen klaren Gedanken zu fassen, aber ihr Gehirn war so träge wie die Kugel in einem Flipperautomaten, dem man den Strom abgeschaltet hatte. Kein Funke Leben mehr.

„Äh“, sagte Ian. „Die Männer haben was von Notsignalen erwähnt ...“

„Notsignale? Natürlich! Damit können wir Hilfe herbeirufen! Wer braucht schon ein Funkgerät?“ Reene legte eine Pause ein. „Aber wir müssen sie erst finden.“

Ian sah in die dunklen Tiefen des Korridors. „Da draußen.“

„Dieses Untier – hast du’s aus der Nähe gesehen?“

„Es war mir so nah, wie du jetzt bist. Grauenhaft.“ Sein Blick fiel auf den Dolch, den Reene in der Hand hielt.

„Nur ein Auge?“

„Und Würmer. Dicke Würmer mit Helmen. Hier am Türrahmen. Zappelnde Würmer.“

„Aber wir müssen die Notsignale suchen. Hier können wir nicht bleiben.“

Ian nickte, aber sein Blick wurde starr, so als sähe er das Untier vor sich.

„Die Notsignale müssten im Vorratsraum sein, meinst du nicht? Hey, Ian ...“

Er sah sie an.

„Wahrscheinlich“, sagte er und rang sich ein schwaches Lächeln ab. Dann hob er die Taschenlampe auf, die auf dem kaputten Funkgerät lag, und trat in den Korridor hinaus.

Mit gerunzelter Stirn blieb Rene stehen. Du sitzt mitten in einem Zyklon fest, dachte sie, auf einem verlassenen Rostkahn, auf dem sich außerdem noch ein grässliches Monster herumtreibt. Und gerade hat sich die beste Chance auf eine Rettung zerschlagen. Stimmt doch, oder?

Aber trotzdem hast du das Gefühl, als würde sich alles zum Guten wenden. Das versteh mal einer!

Reene schüttelte den Kopf und ging Ian nach.

Das Geräusch

Ian stand mitten in dem kurzen Korridor, hatte sich dem Heck zugewandt und blinzelte heftig. Sein Gesicht war in fahlgraues Licht getaucht. „Hier brauchen wir die Taschenlampe nicht", sagte er unsicher.

Reene sah zu der geschlossenen Stahltür mit dem runden Fenster hin. Das letzte Mal hatte sie einen Blitz gesehen, aber jetzt drangen trübe Dunstschleier durch das Glas.

„Vielleicht ..."

„Sag's nicht", sagte Reene und ging mit schwankenden Schritten zur Tür. Bitte, dachte sie.

Sie konnte den zur Seite geneigten Schornstein sehen, eine Windhutze, die vor ihm emporragte, und das wogende Meer. Am Heck schlugen große Wellen empor, die sich in lang gestreckten Reihen zum Horizont wälzten.

Reene ließ die Schultern hängen. Das Meer war genauso wild wie zuvor.

Doch der Wind riss jetzt nicht mehr an der Metalltür, und man konnte in zweihundert Metern Entfernung eine hohe Welle sehen – vorhin hatte man gar nichts sehen können! Der Regen klatschte nicht mehr als undurchdringliche Wassermauer auf das Schiff; jetzt waren es nur noch ein paar Schauer. Und über das Meer huschten große Lichtflecken dahin. Der Himmel war immer noch mit dunklen Wolken verhangen, aber in dem tiefen Schwarz zeichneten sich graue Streifen ab. Vorhin hatte finstere Nacht geherrscht – dass es Morgen gewesen war, konnte man vergessen –, aber jetzt war Tag.

Entschlossen stieß sie die Tür auf. Obwohl der Wind versuchte, sie ihr aus der Hand zu reißen, konnte Reene sie festhalten. Mit einem Lächeln drehte sie sich zu Ian um und trat ins Freie.

„Vorsicht!“, rief Ian.

Zwischen dem Decksaufbau und dem Schornstein bildete der Wind einen Wirbel. Er war stark und führte Regen mit sich. Reene wurden die Haare aus dem Gesicht gepeitscht, und sie war wie geblendet von der salzigen Gischt, die ihr entgegensprühte, und dem grellen Glanz des Meeres. Aber all das war erträglich. Reene schirmte die Augen ab und sah am Schornstein vorbei zu dem hoch aufragenden Heck hin. Dort entdeckte sie die leere Halterung, wo das Rettungsboot gewesen war. Die Davits, an denen das Boot über dem Meer gehangen hatte, drehten sich im Wind hin und her. Sie sahen aus wie Störche, die nach Fischen Ausschau halten.

„Suchst du nach einem Gefährt, mit dem wir von Bord können?“, fragte Ian, der neben sie getreten war.

Reene versuchte, sich ihr Erstaunen nicht anmerken zu lassen. „Kann sein“, sagte sie und trat aus dem Windschutz des Decksaufbaus. Der Sturm drückte sie gegen den Schornstein, aber Ian packte sie am Arm und hielt sie fest. Hinter dem Schornstein war das Heck des verbliebenen Rettungsboots zu sehen.

Zu beiden Seiten des Schornsteins führte eine Treppe zum nächsten Deck und zur Brücke. Reene dachte eine Weile nach und fing dann an, die ihr am nächsten gelegene Treppe hinaufzusteigen.

„Der Sturm!“, schrie Ian. „Dort oben wirst du weggeweht!“

Sie schaute zu ihm hinunter. Vor ihrem geistigen Auge stieg ein flüchtiges Bild von der Kapitänskajüte auf, in der sie schlaff und nutzlos gelegen hatte, während Ian hinausgegangen war und sich dem Untier stellte. „Ich komm schon klar! Der Wind ist nicht mehr so stark.“

Aber bei jedem Schritt neigte sich das Schiff zur Seite. Es war, als stürzte der Schornstein langsam auf sie herab und als griffe das Meer nach ihr, um sie in die Tiefe zu ziehen. Als sie oben an der Treppe angelangt war, peitschte ihr der Wind ins Gesicht, sodass sie sich am Geländer hochziehen musste. Erleichtert wandte sie dem Sturm den Rücken zu.

Unter ihr kam Ian die Treppe hoch. Über ihn hinweg konnte sie das letzte Rettungsboot in voller Länge sehen.

„Ach“, sagte Reene tonlos.

Als die *San Felipe* an Albatross Beach lag, hatte das Rettungsboot so ausgesehen, als hätte es zwar ein paar Lecks, wäre aber ein vollständiges Boot. Jetzt war nur noch der Bug vorhanden, und damit hatte sich's. Alles Übrige war in alle Winde verstreut.

Hinter dem Schornstein entdeckte Reene zwei große Metallbehälter, in denen vermutlich Rettungsinseln gewesen waren, aber der Sturm hatte sie auseinander gerissen.

Sie drehte sich um und schaute mit zusammengekniffenen Augen in den tobenden Sturm hinein, an der Brücke vorbei aufs offene Meer. Dort draußen erhob sich eine rote Burg aus dem Wasser. Um sie herum zog sich ein Kreis aus Schaum, und im ersten Augenblick sah es so aus, als handelte es sich um etwas Eigenständiges, das vom Schiff getrennt war. Doch dann lief eine grüne Welle vom Vordeck ab, und die Burg wurde wieder der Schiffsbug. Hinter dem Bug prallten schäumende Wellenkämme aneinander und schleuderten Gischt in den Wind.

„Was machen wir eigentlich da oben?“, rief Ian durch die sprühende Gischt.

„Siehst du ein anderes Schiff?“, rief Reene zurück.

Ian sah über das wogende Meer, ließ den Blick von Horizont zu Horizont schweifen. Schließlich schüttelte er den Kopf. „Hier ist nichts! Noch nicht mal Australien!“

„Sie sind da. Wir können sie nur nicht sehen.“

„Wir müssen die Notsignale suchen.“

Schweigend betrachtete Reene den Bug.

„Hier draußen finden wir sie bestimmt nicht!“, schrie Ian.

Reene nickte und lief zur Tür der Brücke. Ian kam hinterher.

„Schade eigentlich“, sagte er mit dünner Stimme. „Dort oben müssten wir nicht mit dem Untier rechnen.“

Das brachte ihm einen scharfen Blick von Reene ein, die gerade die Tür aufmachte. Sie betraten die kleine Plattform neben der Brücke, und Reene begann auf der schmalen Treppe den Abstieg in die Düsternis des Schiffsinneren.

„Vielleicht gibt es in der Brücke Notsignale“, sagte Ian.

Reene blieb stehen und sah mit leuchtenden Augen hoch. „Natürlich! Dort oben müssen Notsignale sein!“ So schnell wie möglich stieg sie wieder hinauf.

Gemeinsam stemmten sie sich gegen die Tür zur Brücke. Trotz Gegenwind gelang es ihnen, die Tür so weit zu öffnen, dass sie durch den Spalt schlüpfen konnten. Sie duckten sich, damit der Wind über ihre Rücken hinwegstrich, und schoben sich mit unsicheren Schritten voran, am Kompass und den dunklen Bildschirmen vorbei bis zu den Schränken unter den Anzeigen und den zerfetzten Seekarten.

Sie fanden Instrumente, Bleistifte, Seekarten, Lineale, Kaffee, Kaffeetassen und ein paar Bücher auf Spanisch. Aber keine Notsignale.

„Tja ..." Reene trat vom letzten Schrank zurück.

„Vielleicht haben sie die Notsignale, die sie hier oben hatten, ins Rettungsboot mitgenommen."

„Das ist jetzt auch egal, oder? Wir müssen runter."

Sie verließen die Brücke. Oben an der Treppe blieb Reene stehen und schaute in die pechschwarze Düsternis hinab. Irgendwie kam ihr das mit jedem Mal schlimmer vor.

„Halt, halt." Ian stellte sich neben sie.

Ob er vorausgehen will?, dachte Reene. Von mir aus gern, mit Kusshand!

Ian richtete den schwächer werdenden Strahl der Taschenlampe auf die Stufen und trat beiseite. „So, bitte sehr."

„Danke", sagte Reene knapp und machte sich an den Abstieg.

Mit schweren Schritten polterte Ian hinterher. Er schwenkte die Taschenlampe, leuchtete an Reene vorbei nach vorn und fing die hin und her schwingende Tür zur Kapitänskajüte ein.

„Wozu der ganze Lärm?“, fragte Reene. „Und das Theater mit der Taschenlampe?“

„Vielleicht kriegt es dann ja Angst.“

„Aber es könnte sein, dass es in diesem Käfig wochenlang gehungert hat, meinst du nicht?“

Ian knipste die Taschenlampe aus.

Reene stieg weiter hinunter. Dabei lauschte sie dem Klappern und Schlittern im Schiff und behielt die dunklen Schatten im Auge, die sich von allen Seiten auf sie stürzten. Sie kam an der Stelle vorbei, an der sie in die *San Felipe* eingestiegen waren, und folgte den Rohren, die sich wie Metallschlangen durch die Korridore wanden.

Jemand zog sie am Arm.

Es war nur Ian.

„Was ist?“

„Ich hab an dieses Untier gedacht.“

„Ja, und?“

„Diese Würmer, von denen ich dir erzählt habe ...“

Reene betrachtete die Schlangen, die sich über ihr und rings um sie her wanden. Es sah jetzt so aus, als bewegten sie sich mit dem Schaukeln des Schiffs, und ein leises Zischen war zu vernehmen. „Ich will nichts davon hören.“

„Es ist nur – ich glaube, dass das, was ich gesehen habe, gar keine Würmer waren.“

„Ach. Und was war's dann?“

„Das weiß ich nicht. Aber ich hab sie schon mal gesehen.“

„Und?“

„Das ist alles.“

„Na schön. Okay." Kopfschüttelnd ging Reene die Treppe weiter nach unten. Dabei tastete sie sich vorsichtig am Geländer vorwärts, bis sie am stählernen Treppenabsatz angelangt war. Eiskalte Schauer jagten ihr den Rücken hinunter.

Sie starrte ins Dunkel, versuchte es zu durchdringen.

„Was ist denn los?", fragte Ian hinter ihr.

„Ich ... still!" Reene beugte sich über das Geländer und lauschte angespannt nach etwas, das sie in Angst und Schrecken versetzte, ohne dass sie erfassen konnte, worum es sich handelte.

Sie konnte die kaputte Schraube hören, die klirrend durch den Korridor über ihr rollte, den ständigen Knall der auf- und zuschlagenden Türen, das Knarren und Klappern des Schiffs, das Meer und den Wind, aber all das hatte sie schon viele Male gehört.

„Was ist denn?"

„Ich weiß nicht. Es ist ..." Vielleicht ein leises Atmen, aber nein.

In der Dunkelheit zischte etwas Massiges, etwas, das die Luft rings um Reene mit einem bedauernden Seufzen erfüllte. Es schien sich um etwas Lebendiges zu handeln, und wenn es sich bewegte, bewegte sich das Schiff mit.

„Reene?"

Und dann hörte sie das Geräusch. Ein leises Rutschen aus den Tiefen des Schiffs.

„Mach die Taschenlampe wieder an."

„Und das Untier?"

„Mach das verdammte Ding an!"

Das gelbe Licht fing Ians angespanntes Gesicht ein und beleuchtete mit schwachem Schein die Ölfässer.

„Nach unten!"

Der Lichtschein tauchte ab, an den Stufen vorbei zu den großen Maschinen – aber die Dieselmotoren, die aufgereihten Roboter aus Stahl, waren nicht mehr da. Jetzt erstreckte sich dort ein öliger Ozean, der sich von den Seiten ausbreitete. Wenn er hin und her schwappte, verschob sich der Ölfilm, der in den Regenbogenfarben schimmerte. Das Meer draußen warf das Schiff hin und her, und das Meer im Inneren stieg an der Wand hoch, bis eine gewaltige Welle entstand, die sich zum Treppenabsatz wälzte.

Ian schrie auf und klammerte sich an einem Pfosten fest.

Die Welle strich unter ihnen hindurch und schlug an die gegenüberliegende Schiffswand, brach und stieg die Wand empor. Ächzend und bebend versuchte die *San Felipe* sich aufzurichten, um sich der nächsten Welle zu stellen, aber das innere Meer stieg an der tiefer liegenden Seite hoch und drückte das Schiff weiterhin nach unten.

„Wir kentern!", schrie Reene.

Ian wandte sich zum schwappenden Wasser um und stieß dabei mit der Taschenlampe gegen das Geländer. Das Licht ging aus.

„Du kannst doch jetzt nicht an der Taschenlampe rumfummeln!"

„Das war ich gar nicht! Die Batterie ist alle!", schrie Ian in das Dunkel hinein. „Was machen wir jetzt?"

Würmer

Reene beugte sich zu Ian vor, packte ihn am Arm und zerrte ihn über den Treppenabsatz. Sie tastete mit den Füßen nach der nächsten Stufe, fuhr mit der Hand übers Geländer, stolperte, schaffte es mit Müh und Not, den Dolch festzuhalten, und machte sich an den Aufstieg.

Das Schiff neigte sich nicht mehr weiter. Reene konnte hören, wie das Wasser unter dem Treppenabsatz zurückplätscherte.

Energisch stellte sie den Fuß eine Stufe tiefer. „Wir können hier noch nicht weg."

Ian befreite seinen Arm aus ihrem Griff. „Du meinst, wegen der Notsignale?"

„Ohne die sieht uns keiner."

„Was meinst du, wie lange es noch – du weißt schon?"

„Ich habe keine Ahnung, aber sie geht unter."

„Ja."

In der Dunkelheit sah Reene das Weiße in Ians Augen leuchten. „Wir bleiben nicht lange hier unten."

„Nein. Hier möchte ich nicht sein, wenn sie ..."

„Nur zehn Minuten. Und wir behalten das Wasser im Auge."

„Okay." Aber in Ians Stimme lag ein leichtes Beben.

Reene kehrte zum Treppenabsatz zurück. Ian sah ihr nach, als sie in der Dunkelheit verschwand. Sie tastete sich vor den kleinen Kammern am Geländer entlang und ging in Richtung Heck. Dann sah sie das verschüttete

Mehl vor dem Vorratsraum und blieb an der offenen Tür stehen.

„Aus der Taschenlampe ist nichts mehr rauszuholen?“, fragte sie.

„Ich weiß nicht.“ Ian fummelte am Schalter herum.

Reene steckte den Kopf in den Vorratsraum und versuchte vergeblich, in der tiefschwarzen Finsternis etwas zu erkennen.

„Wie wollen wir ohne Licht etwas finden?“, fragte Ian.

„Vielleicht können wir's ja ertasten.“ Sie hockte sich hin und befingerte einen aufgerissenen Mehlsack. „Komm runter und taste dich mit den Händen voran.“

Sie strich über den Metallboden, versuchte mit den Fingern zu sehen. Das hier war Reis, Mehl, Öl – Olivenöl, dem Geschmack nach zu urteilen –, ein zylinderförmiger Gegenstand ...

Wie kommen Blinde nur zurecht?

„Ich hab's!“, sagte Ian.

„Schon?“ Reene drehte sich um. Dabei entdeckte sie einen Lichtschimmer. Die Taschenlampe in Ians Hand brannte wieder, aber so schwach wie ein erlöschender Funke. „Ach, lass nur.“

„Finger“, sagte Ian.

„Was?“

„Finger“, wiederholte er und schwenkte seine Hand vor dem schwachen Schein der Lampe hin und her.

„Ja, und?“

„Dieses Untier ...“

„Hör mal, könnten wir das Untier nicht vergessen? Jedenfalls so lange, bis wir hier raus sind.“

„Aber das könnte uns helfen.“

„Du kannst nur dadurch helfen, dass du die Notsignale findest.“

Ian brummte vor sich hin, und Reene hörte, wie er hinter ihr mit Flaschen hantierte. Aber er hatte das Thema aufs Tapet gebracht, und das Untier wollte sich nicht wieder verziehen.

„Finger?“, fragte sie. „Wie meinst du das?“

„Ich habe im Funkraum keine Würmer gesehen. Keine dicken, haarigen Würmer mit Muschelschalen auf dem Kopf. Das waren behaarte Finger mit Fingernägeln.“

Reene starrte auf Ians herumfuchtelnde Hände. Allmählich drang der Gedanke zu ihr durch. „Und das bedeutet ...“

„Dass es keine große Spinne ist!“

Reene konnte Ians Gesicht nicht sehen, aber sie wusste, dass er lächelte. Wahrscheinlich grinste er sogar. Warum auch nicht? Das bedeutet, dass dieses Untier kein Monster aus einem Horrorfilm ist und nicht von einem anderen Planeten stammt. Nichts, dessen Anblick Heulen und Zähneklappern bei dir auslöst, sondern etwas, das du dir vorstellen kannst ohne loszuschreien.

Es sei denn ...

„Du hast wirklich Finger gesehen?“, fragte Reene.

„Ja. Nicht so wie unsere, aber ...“

„Keine Klauen?“

Ian schwieg.

Klauen, dachte sie. Zum Beispiel von einem riesigen Vogel ohne Flügel. Oder von einem Raubtier mit Reißzähnen, das nachts auf Beutezug geht. Alles wurde wieder zu Bruchstücken eines Albtraums. Hätte sie doch nur nichts gesagt!

„Vergiss es", sagte Reene. Sie wandte sich ab und stocherte mit dem Dolch zwischen Konservendosen herum, die in einer langen Reihe standen.

Nach einer Weile konnte sie Ian hinter sich hören. Er beschnupperte etwas; wahrscheinlich war er beim Herumkriechen im Olivenöl gelandet.

„Komm mir nicht dauernd hinterher", fauchte sie. „Wir suchen etwas."

„In diesem Loch kann man doch sowieso nichts finden!" Ian veranstaltete rechts von ihr ein Klappern und Klirren.

Noch ein zylinderförmiger Gegenstand, der sich anfühlte wie eine Gasflasche. Dann ein längliches Werkzeug, ein Brecheisen.

Ein leiser Seufzer hinter ihr.

Das Schiff legte sich wieder auf die Seite, und Reene stützte sich an einem Metallgestell ab.

„Ich hab hier was", sagte Ian vor ihr.

„Notsignale? Etwas anderes interessiert mich nicht."

„Nein, keine Notsignale, aber ..." Der letzte Funke von Ians Taschenlampe erlosch.

Wieder neigte sich das Schiff, und das Meer im Inneren der *San Felipe* glitt an der Wand in die Höhe. Mit angehaltenem Atem wartete Reene darauf, dass das Schiff wieder zurückschwang.

„Ich glaube, ich hab neue Batterien gefunden", sagte Ian, während er ein Stück vor Reene mit dumpfem Scharren und Klappern herumtastete.

Reene standen die Haare zu Berge. Hinter ihr atmete jemand. Lautlos drehte sie sich um und glitt gleichzeitig seitwärts. Sie nahm einen starken Geruch nach Feuchtigkeit und zerkautem Reis wahr. Eine massige Gestalt hatte sich zwischen sie und die offene Tür geschoben.

„Ian?“ Sie flüsterte ganz leise.

„Ich hab's gleich.“

„Es ist hier drinnen bei uns.“ Ein Klicken ertönte, und im Vorratsraum wurde es strahlend hell.

„Geschafft!“, rief Ian triumphierend. Und dann, in einem heiseren Flüstern: „Du lieber Himmel ...“

Morry

Das Untier kauerte in Reenes Schatten und gab einen hohen, schwachen Schrei von sich. Die langen, behaarten Arme waren um den Kopf geschlungen, als wollte es zum Schlag ausholen, aber zwischen den Fingern konnte Reene ein großes, braunes Auge sehen, das ihr entgegenstarrte.

Wilde Angst stieg in ihr auf. Sie hielt ihren Brieföffner-Dolch hoch und fuchtelte damit vor dem Untier herum.

Ians Taschenlampe verbreitete jetzt wieder einen hellen Lichtschein. Mit schlurfenden Schritten wich das Untier davor zurück und bewegte sich auf Reene zu.

Reene schrie es an und stach mit dem Dolch nach ihm.

„Lass das sein.“ In aller Seelenruhe lenkte Ian den Strahl der Taschenlampe vom Kopf des Untiers weg.

„Was machst du da? Es setzt zum Sprung an.“

„Es hat nur Angst, das ist alles.“

Reene senkte den Dolch um eine Daumenbreite und schaute wieder zu dem Untier hin. Große, gekrümmte Füße; fast überall lange, rotbraune Haarzotteln; ein lang gestrecktes Gesicht mit unendlich traurigen braunen Augen. Und ein Kopf, der ein bisschen kahl war.

„Es ist nur ein Affe." Sie ließ den Dolch sinken.

Der Affe huschte im Kreis herum und suchte die Tür.

„He, Morry, es ist alles in Ordnung", sagte Ian leise. „Wir tun dir nichts. Hab keine Angst." Langsam hielt er dem Affen seine Hand entgegen.

„Der Affe ist so groß." Reene packte den Dolch wieder fester, als dieses Wesen seine langen Arme ausstreckte. Der Affe war etwas kleiner als Ian, aber er hatte längere Arme als ihr Vater.

„Das ist kein Affe, sondern ein Orang-Utan", sagte Ian. „Okay, Morry, wenn du kein Licht magst, legen wir's eben weg." Er stellte die Taschenlampe auf dem Fußboden ab, mit dem Glas nach unten. Am Rand drang noch ein Lichtschimmer durch, sodass keine völlige Dunkelheit herrschte, aber der Vorratsraum wurde wieder zur Höhle.

„Affe oder Orang-Utan, was macht das schon für einen Unterschied?", brummte Reene. „Sieh dich vor, Ian. Das ist ein wildes Tier."

Der Orang-Utan schleuderte angespannte Blicke zwischen Reenes Gesicht und Ians dargebotener Hand hin und her. Ian nickte bedächtig und zog seine Hand zurück.

„Du magst die Hand nicht, Morry, was? Dann kommt auch sie weg. Du hast schon genug mitgemacht, Morry."

„Was soll denn dieser ‚Morry'-Quatsch?"

„Er sieht wie ein Morry aus."

„Das Vieh sieht so aus, als wollte es sich auf uns stürzen."

Das Schiff neigte sich plötzlich so stark zur Seite, dass der Fußboden schon halb zur Wand wurde. In dieser Schräge blieb es liegen. Überall im Schiff krachte es. Das Brecheisen rutschte über den Boden und schlug dann mit einem lauten Knall auf. Mit einem Satz verschwand der Orang-Utan durch die Tür und lief den Korridor entlang.

„Das kann man ihm nicht verdenken", sagte Ian.

Reene, den Fuß auf die nach unten gekippte Wand gestellt, blieb stumm.

Ian rieb sich das Bein. In diesem Augenblick war es auf der *San Felipe* ungefähr wie auf einem hohen Baum, durch dessen Stamm sich eine Kettensäge fraß. Einen Moment lang schwankte das Schiff auf der Kippe, kurz vor dem Kentern.

Aber dann neigte es sich doch wieder zurück, ganz langsam, Zentimeter um Zentimeter.

„Das ist der helle Wahnsinn!", sagte Reene. „Wir können hier nicht mitten im Schiffsinneren herumlaufen, wenn es jeden Augenblick untergehen kann. Der Affe hat das einzig Vernünftige getan."

„Aber ich habe die Taschenlampe. Mit neuen Batterien." Ian schwenkte sie umher und ließ den Lichtstrahl durch den Raum tanzen. „Und um das Untier brauchen wir uns auch keine Sorgen mehr zu machen, stimmt's?"

Reene sah ihn an. Hey, dachte sie, das hätte von mir kommen müssen. Was ist denn nur los?

„Na schön", sagte sie, „sehen wir uns um. Aber wenn

das Schiff wieder eine solche Schlagseite bekommt, verschwinden wir hier. Okay?"

Ian hielt die Taschenlampe jetzt ruhig, begann den Raum systematisch auszuleuchten. Reene folgte dem Lichtstrahl, als er langsam über die Wände glitt. In den Regalen gab es Säcke und Tüten, die Morry aufgerissen hatte, außerdem Werkzeug, Fässer und Kisten.

„Was meinst du, wie Morry hierher gekommen ist? Auf das Schiff?", fragte Ian.

Reene griff nach einer gelb-schwarzen Schachtel mit einer Aufschrift in einer fremden Sprache.

„Nägel", stellte sie fest, als sie die Schachtel schüttelte. Erst dann gab sie Antwort. „Der Affe war in diesem Käfig."

„Ja, und dort hat man ihn zurückgelassen."

„Hier sind Haken. – Die Mannschaft? Vielleicht haben sie ihn vergessen. Denk dran, das Schiff ging unter."

Es geht jetzt unter, dachte Reene.

„Was ist mit dieser länglichen Kiste, die aussieht, als wären Zigarren darin?"

„Was erwartest du? Wahrscheinlich sind es Zigarren. Ich hau hier ab." Aber dennoch langte Reene zu der Kiste hoch. Dabei löste sie einen Hagel von flachen, bunten Dosen aus, der rings um sie herunterprasselte.

Ian hob eine der Dosen auf, betrachtete die Aufschrift und griff sich noch zwei weitere.

„Hey, halt die Taschenlampe ruhig!" Reene rappelte sich hoch und drückte die Kiste an sich. „Hey ... ich glaube, das sind wirklich Notsignale! Komm jetzt, gehn wir!"

Die flachen Dosen an den Bauch gepresst, ging Ian

mit schwankenden Schritten zur Tür hinaus, wobei der Lichtstrahl wild umherschwenkte. Das Schiff wand und drehte sich und wippte auf und ab. Während sie die Treppe hinaufstiegen, fiel eine Dose herunter und traf Reene am Arm. Ian blieb stehen und sah zurück, nach unten.

„Nicht stehen bleiben! Weiter, weiter!"

Einen Augenblick lang zögerte er, kletterte dann aber weiter hoch.

Im Vorbeigehen warf Reene einen Blick auf die Dose, die auf der Treppe lag. „Fisch? Sardinen! Du denkst jetzt ans Essen?"

Stolpernd erklomm Ian den oberen Korridor. „Die sind nicht für mich."

Er sah den Korridor entlang, zu dem Bullauge, hinter dem sich die Wellen hoch auftürmten. Dann machte er kehrt und lief mit schwankenden Schritten auf das höher gelegene Bullauge zu, durch das ein Stück heller Himmel zu sehen war.

„Nein, nicht diese Tür. Die ist zu weit unten", sagte Reene, die ihn inzwischen eingeholt hatte.

Ein Schatten glitt zwischen Ian und das helle Bullauge. Mit weit aufgerissenen Augen wich der Orang-Utan vor Ian zurück.

„Der Fisch ist für Morry. Hallo, Morry!"

„Lass doch den Affen! Wir müssen weg hier!" Reene stieg die Treppe immer weiter hinauf.

Aber Ian stand mitten im Korridor. Der Fußboden neigte sich ihm so weit entgegen, dass seine Strandsandalen auf dem Metalldeck abzurutschen begannen. Verzweifelt griff er nach der Klinke der Küchentür, dabei fiel ihm die Taschenlampe herunter und kollerte durch den gesamten Korridor. Morry jaulte auf, als sein gekrümmter Fuß unter ihm wegrutschte.

„Jetzt mach schon, Ian!“ Reene sah sich nach Ian und dem Orang-Utan um, die im Korridor dicht beisammen waren. Der Fußboden war so schräg, dass Ians Knie ihn fast streiften, während er am Türgriff Halt suchte. Einen Augenblick lang sah er Reene mit einem schwachen Lächeln an – und ließ los. Er rutschte zwei Meter weit, dann ertastete er mit den Füßen die Treppe und klammerte sich mit seiner freien Hand am Geländer fest.

Reene konnte das wogende Wasser im Inneren des Schiffs hören. Sie klemmte sich die Kiste zwischen die Beine und hielt Ian die Hand hin. „Komm schon ...“

Doch Ian drehte sich von ihr weg und wandte sich dem Orang-Utan zu, der seine unglaublich langen Arme quer durch den Korridor ausgebreitet hatte.

„Komm, Morry. Schnell ...“

Es sah so aus, als stemmte der Orang-Utan die Wände des Korridors auseinander. In dieser Haltung blieb er stehen, starrte Ians Hand an und rührte sich nicht.

Das Wasser im Maschinenraum wirbelte und schwappte, und ein Beben lief durch das Schiff.

Na gut, dann eben Abbie

„Ian ...!“, rief Reene verzweifelt.

Widerstrebend ließ Ian den Orang-Utan im Korridor zurück.

Als Reene die Ebene des Funkraums erreicht hatte und zur Tür am Ende des kurzen Korridors kam, schaukelte das Schiff wieder zurück. Sie torkelte auf das offene Deck hinaus, auf den Schornstein zu, und ging immer weiter, bis sie spürte, wie der Wind ihr den Rücken peitschte.

Sie atmete tief durch und schauderte am ganzen Körper. Dort unten, in dem sinkenden Wrack, hatte sie sich gefangen gefühlt, wie im Käfig. Ihr war klar, dass sie nie wieder dort hinuntergehen würde. Das konnte sie nicht, selbst dann nicht, wenn es um ihr Leben ginge.

Auch Ian kam an Deck, ließ die Fischdosen fallen, die er unter dem Hemd transportiert hatte, und hakte die Tür ein, damit sie offen blieb.

„Der Affe kommt ja doch nicht hier rauf", sagte Reene.

„Das muss er aber."

Die *San Felipe* legte sich so schräg, dass Reene gegen den Schornstein fiel. Sie hielt Ausschau nach einem anderen Schiff, aber der Ozean bot ihr nichts als eine leere Fläche. Dennoch machte sie die Kiste mit den Notsignalen auf.

„Wie zündet man die?"

Ian stapelte seine Dosen am Schornstein auf und trat dann zu Reene.

Auf den Leuchtraketen stand etwas geschrieben, aber das war in einer fremden Sprache, die sie nicht verstanden. An der Seite hingen Schnüre herunter.

„Vielleicht muss man an der Schnur ziehen."

„Und was dann? Schnell wegrennen und in Deckung gehen?"

„Ich weiß auch nicht.“

Reene betrachtete das Deck, auf dem sie standen. Es kam ihr so vor, als verlangsamte sich das wilde Schaukeln und ginge in ein träges Wogen über, aber die Schräge zum Bug hin war noch steiler geworden. Das Wasser im Schiff stieg immer schneller.

Kurz entschlossen zog Reene an der Schnur und hielt das Signal mit ausgestrecktem Arm von sich weg.

Das Rohr in ihrer Hand zischte und ließ ein Geschoss in den Himmel steigen.

„Bist du okay?“

Reene starrte das qualmende Abschussrohr an. „Alles in Ordnung. Es tut nicht weh.“

Das Geschoss explodierte zu einem runden Lichtschein, der sich leuchtend rot von den Wolken abhob, und senkte sich langsam wieder herab.

„Das muss jemand gesehen haben“, sagte Reene.

Ian sah der Leuchtkugel nach, bis sie hinter einer Welle verschwunden war. „Jagst du noch eine hoch?“

Reene zögerte. In der Kiste lagen nur neun Signale. „Vielleicht in einer halben Stunde.“

Eine große Welle brach sich seitlich am Bug und glitt über die Lukenabdeckungen bis zu dem heruntergestürzten Ausleger, der noch an der Seilwinde hing. Einen Augenblick lang lag das halbe Schiff unter Wasser.

„Oder in zehn Minuten“, sagte Reene.

Ian wandte sich von der wogenden Welle ab. Dann strahlte sein Gesicht plötzlich auf. „Hallo, Morry!“

Der Orang-Utan hockte in der offenen Tür und beobachtete Ian. Im Morgenlicht war zu sehen, dass sein rotbraunes Fell über und über beschmutzt war. Unter der rechten Achselhöhle zeichnete sich ein dunkler Fleck ab.

„Ja, Affe, das ist schlimm“, sagte Reene. „Hey, ist das etwa Blut?“

Mit betont langsamen Bewegungen näherte sich Ian den Fischdosen. „Ja“, sagte er.

„Sieh dich vor, Ian. Offenbar hat das Vieh jemanden aus der Mannschaft angefallen. Das könnte wieder passieren. Es sieht so aus, als ob es Riesenkräfte hätte.“

Ian schüttelte den Kopf. „Das ist bestimmt sein eigenes Blut. Vielleicht wurde er verletzt, als der Käfig herunter fiel. Oder jemand aus der Mannschaft hat ihm was getan.“

„Das kannst du doch nicht wissen!“

Ian hob eine der flachen Dosen auf, zog den Schlüssel an der Seite heraus und machte sich daran, den Deckel aufzurollen. „Doch, das weiß ich“, sagte er. „Morry tut niemandem was zu Leide. Stimmt’s, Morry?“

Der Orang-Utan wandte den Blick von Ians Gesicht zu der offenen Dose hin.

„Du riechst das schon, Morry, was? Das ist besser als trockener Reis mit Olivenöl. Hier – Sardinen in Tomatensoße.“ Er stellte die offene Dose aufs Deck.

Reene schnaubte verächtlich durch die Nase. Als sie nach dem nächsten Signal griff, streifte sie den Orang-Utan mit einem flüchtigen Blick. Doch dann runzelte sie die Stirn und schaute noch mal genauer hin.

Ian bemerkte das Grinsen in ihrem Gesicht. „Was ist denn?“

„Ach, nichts weiter.“ Reene zog jetzt auch noch die Augenbrauen hoch.

„Ja?“ Ian wartete.

„Nichts. Aber ich finde nicht, dass du deinen Affen ‚Morry‘ nennen kannst.“

„Warum nicht?“ Ian sah Morry an und unterzog ihn einer gründlichen Musterung. „Ach so, du meinst ...“

„Genau!“

Ian zuckte mit den Schultern. „Na gut, dann heißt sie eben Abbie. Ob Morry oder Abbie, das ist doch egal.“

„Okay.“ Reene hielt das Signal hoch.

„Aber feuer das Ding nicht hier ab. Sonst erschreckst du Abbie.“

„Du weißt aber, wo wir sind, ja?“, sagte Reene verblüfft. „Wir brauchen sofort Hilfe. Wir können nicht mehr warten.“

„Könntest du das Signal nicht hinter dem Schornstein losgehen lassen? Bitte!“

Reene schnalzte missbilligend mit der Zunge, aber sie ging um den Schornstein herum – und bereute das sofort. Die Schräglage war nicht ganz so bedrohlich wie vorhin, aber trotzdem kam es Reene so vor, als stünde sie an der Außenkante eines schwankenden Gebäudes, von dem sie jeden Augenblick in das wogende Meer stürzen konnte.

Sie presste sich mit der Schulter an den Schornstein, zog an der Schnur und streckte mit geschlossenen Augen den Arm aus. Als sie die Augen wieder aufmachte, sah sie die rote Kugel, die einen Bogen übers Meer beschrieb.

Danach kehrte sie in den Windschutz des Schornsteins zurück. Dort sah sie, dass Ian und der Orang-Utan an der Tür hockten, so dicht beieinander, dass sie sich fast berührten.

Das Orang-Utan-Weibchen fischte eine Sardine aus der Dose. Wie sie das machte, mit Daumen und Zeigefinger, war geradezu elegant. Sie schnupperte an der Sardine, legte den Kopf schief und unterzog den Fisch einer misstrauischen Musterung.

„Scheint etwas heikel zu sein, dieser Affe."

„Kannst du das nicht lassen?"

„Was denn?"

„Sie Affe zu nennen. Sie ist ein Menschenaffe. Wie ein Gorilla, wie wir."

„Recht herzlichen Dank!"

Als Nächstes strich das Orang-Utan-Weibchen mit ihrem langen Zeigefinger über die Sardine, wischte die Tomatensoße ab, leckte am Finger und schmatzte. Dabei sah sie Reene unverwandt an. Unwillkürlich fühlte sich Reene an ein Kind erinnert, das von seiner Geburtstagstorte kostet.

„Woher weißt du so viel über Menschenaffen, mal abgesehen davon, dass du etwas kurzsichtig zu sein scheinst?", fragte sie verärgert.

„Keine Ahnung. Ich seh fern, und wenn mich etwas interessiert, lese ich Bücher darüber und schau mich eben ein bisschen um."

„Ach. So wie bei deinen Ameisen."

Im ersten Augenblick machte Ian ein verständnisloses Gesicht. „Ach ja", sagte er dann. „So ähnlich wird's wohl sein." Das war schon so lange her.

„Wo sie wohl herkommt?", sagte Reene und merkte selbst, dass der Orang-Utan jetzt kein Affe mehr für sie war. Das Tier war eine „Sie" geworden. Offenbar färbte Ian auf sie ab.

Das Orang-Utan-Weibchen hielt sich die Sardine über den Mund und tastete mit ihrer breiten Unterlippe nach dem Fisch.

„Von Borneo", sagte Ian. „Oder Sumatra. Sie ist noch jung. Das bedeutet, dass Abbie noch ein kleines Baby gewesen sein muss, als sie gefangen wurde."

„Von wem denn?"

„Jäger gehen in den Dschungel und schießen die Mütter von den Bäumen herunter, damit sie sich die Jungen schnappen können."

Das Orang-Utan-Weibchen ließ ihre feinen Manieren sausen. Sie verschlang die Sardine, hob die Dose vom Deck auf und machte sich mit langer, flinker rosa Zunge darüber her.

„Um so zu wachsen, muss Abbie sehr lange im Käfig gesteckt haben. Sie wurde mitten aus dem Dschungel herausgerissen und in einem Boot, einem Lastwagen oder sonst was eingesperrt – immer auf der Flucht vor der Polizei."

„Die Polizei ist hinter ihr her?"

„Nach Orang-Utan-Babys gibt es eine große Nachfrage. Ich gehe jede Wette ein, dass sie deshalb hier auf dem Schiff gelandet ist."

Das Orang-Utan-Weibchen warf begehrliche Blicke auf die nächste Dose. Ian öffnete sie.

„Was denn, für einen Zoo?", fragte Reene. Während sie sprach, nahm sie wahr, dass die *San Felipe* zur Ruhe kam. Sie spürte, wie das Schwanken unter ihr nachließ.

„Kein Zoo würde Abbie unter diesen Umständen nehmen. Nein, irgendein reicher Typ will sie als Haustier haben."

Das Orang-Utan-Weibchen nahm die zweite Dose von Ian entgegen. Dabei sah sie Reene an und blinzelte nachdenklich mit den Augen, als versuchte sie zu ergründen, mit wem sie es zu tun hatte.

Reene schüttelte den Kopf. „Und jetzt sitzt sie hier fest. Zusammen mit uns."

Sie nahm das dritte Signal aus der Kiste, lief ein Stück um den Schornstein herum und hielt Ausschau übers Meer. Als sie an der Schnur zog und zusah, wie die Kugel schwankend in den Himmel emporschoss, fühlte sie sich unendlich müde.

Danach noch ein Signal und noch eins, und dann gehen wir unter ...

Hoch oben über dem Meer barst die Leuchtkugel – und in der Ferne gab eine weiße Leuchtkugel Antwort.

Der Ausleger

So laut sie konnte, schrie Reene um den Schornstein herum zu Ian hinüber. Dann lief sie das Deck hoch und zeigte auf das neue Signal.

Mit schlurfenden Schritten zog sich das Orang-Utan-Weibchen weiter ins Schiff zurück, blieb in den dunklen Schatten aber stehen und hielt ihre Sardinendose hoch.

„Hör auf damit, du erschreckst Abbie!"

„Sieh dir das an!"

„Oh."

Reene stieg zum Brückendeck hoch. Die Brücke bot nur mäßigen Schutz, und Reene konnte im heftigen

Wind nichts erkennen, als sie ein Schiff auszumachen versuchte. Sie feuerte noch eine Leuchtkugel ab.

Diesmal kam keine Antwort. Ian trat neben Reene. Er lockte Abbie, versuchte sie dazu zu bewegen, ihm zu folgen, zugleich aber blickte er sehr lange auf das Meer hinaus, auf die unendlich weite, leere Fläche.

An der Brücke vorbei konnte Reene den Bug sehen. Er hob sich nicht mehr empor, um sich den Wellen entgegenzustemmen, sondern bohrte sich wie ein Wurm ins Wasser hinab.

Gerade als sie das nächste Notsignal hervorholte, stach Ian aufgeregt mit dem Finger in die Luft. „Da!“

Zuerst konnte Reene nicht erkennen, worauf Ian zeigte. Dann entdeckte sie am auf und ab wogenden Horizont ein winziges rotes Viereck. Als Nächstes konnte sie dicht an dem Viereck den Schatten eines Masts ausmachen.

Reene feuerte die Leuchtkugel kerzengerade in die Höhe, und diesmal erfolgte unmittelbar darauf ein Antwortsignal. Langsam bewegte sich der Mast vorwärts, verdeckte das rote Viereck.

„Sie haben uns gesehen!“, sagte Reene.

„Dann brauchen wir keine Signale mehr.“ Ian sah zu Abbie hinüber, die auf der obersten Treppenstufe kauerte. Tomatensoße lief ihr übers Kinn, während sie mit hohläugigem Blick die Leuchtkugeln am Himmel anstarrte.

Reene sah auf die Signale hinab, die sie in der Hand hielt. Sie zuckte mit den Schultern und stellte die Kiste auf dem Deck ab. Im ersten Augenblick hatte sie mit dem Gedanken gespielt, sie ins Meer zu werfen, aber damit hätte sie das Schicksal herausgefordert. Wenn sie die Signale behielt, würde sie keine mehr brauchen, aber wenn sie die Kiste fortwarf, hätte sie garantiert einen dringenden Bedarf dafür. Das hatte ihr Vater ihr beigebracht.

Wo er jetzt wohl ist?, dachte sie. Der Sturm war eindeutig schwächer geworden. Bestimmt saß ihr Vater schon im Auto und raste – zusammen mit den anderen – die Straße nach Albatross Beach entlang ...

Ian sah Reene von der Seite an und runzelte die Stirn.

„Was ist?“ Sie hatte seinen Blick bemerkt.

„Du lächelst!“

„Echt? Nun ja, warum auch nicht? Ich glaube, jetzt geht alles klar.“

Das Orang-Utan-Weibchen kümmerte sich nicht mehr um Reenes Notsignale. Sie richtete ihren Blick auf Ian, und es sah so aus, als lockerte sie ihren gesamten Körper.

„Ich habe an unsere Eltern gedacht“, setzte Reene hinzu. „Ach, die Eltern. Die hatte ich völlig vergessen.“ Schuldbewusst schüttelte Ian den Kopf.

„Mach dir nichts draus. Wahrscheinlich sind sie jetzt an Albatross Beach und suchen nach uns.“

„Sie drehen bestimmt durch vor Sorge!“

Das Orang-Utan-Weibchen sprang oben an der Treppe auf das Geländer.

„Sie werden sich aufführen wie vom wilden Affen gebissen. Aber nur, bis wir auf diesem Schiff sind und sie die Nachricht erhalten. Hey, was wird dein Vater wohl sagen, wenn er das Chaos an Albatross Beach sieht?“

Ian sah dem Orang-Utan-Weibchen zu. Mühelos turnte Abbie auf allen vieren auf dem Geländer entlang. Der

Wind strich ihr durch die roten Haare. Sie wirkte jetzt viel munterer als zuvor.

„Mein Vater?“ Ian schnitt dem Orang-Utan-Weibchen eine Grimasse. „Der sagt: ‚Dieser verflixte Bengel, den kann man doch keinen Moment aus den Augen lassen. Schaut euch nur an, was er diesmal wieder angerichtet hat!‘“

Reene lachte und staunte selbst darüber, dass sie in dieser Situation noch lachen konnte.

Auch Ian lächelte. Und dann begannen seine Schultern zu beben, weil er das große Kichern kriegte.

Es war fast vorbei. In Kürze würde man sie bergen, und sie würden den Tag auf einem stabilen, trockenen Schiff verbringen. Sicher, es wird Ärger mit den Eltern geben, dachte Reene, vor allem mit Ians Vater und meiner Mutter, aber das kommt erst morgen auf uns zu ...

Plötzlich wirkte das Orang-Utan-Weibchen verängstigt. Sie gab ein schwaches Wimmern von sich.

„Was ist denn, Abbie?“, fragte Ian.

Dann spürte Reene die Bewegung des Schiffs. Das Deck machte sich unabhängig vom Schaukeln der Wellen und begann die Schräge auszugleichen, sich gerade zu rücken.

„Schon gut, Abbie. Das Schiff erholt sich nur.“ Aber während Ian sprach, sah er Reene an, und in seinen Augen lag Unsicherheit.

„Noch ist es nicht vorbei“, sagte Reene ernst. „Es geht niemals zu Ende.“

„Es ist schlimm, ja?“

„Ich glaube, das Schiff füllt sich mit Wasser“, sagte Reene. „Die Wellen können jetzt nicht mehr viel ausrichten. Wir sind wie ein Eisberg, der Schwerpunkt liegt sehr tief."

„Wie lange haben wir noch?"

„Ich weiß nicht. Dieses Schiff sollte sich aber auf jeden Fall beeilen."

Ian lächelte dem Orang-Utan-Weibchen fröhlich zu. „Es wird's schon rechtzeitig schaffen. Keine Sorge, Abbie, wir werden gerettet."

Reene sah, wie Ians Lächeln immer breiter wurde. Sie schaute zu dem Orang-Utan-Weibchen hinüber. „Äh, Ian, ich glaube nicht ..."

„Du hättest gern ein paar Mangos, Abbie, was?" In schnellem Tempo lief Ian zur Treppe nach unten. „Das schmeckt dir besser als Sardinen aus der Dose."

„Was machst du da? Komm zurück!"

„Ich geh nur kurz zur Küche runter. Bin gleich wieder da."

„Die Küche? Die liegt drei Decks tiefer ..."

Aber Ian war schon fort. Er sprang die Stufen zum Deck mit dem Schornstein hinunter und lief durch die Tür. Reene blieb oben an der Treppe stehen und sah das Orang-Utan-Weibchen voller Verzweiflung an. Das Tier schlurfte am Geländer entlang, wich vor ihr zurück.

„Ich geh nicht da runter, klar? Kletter du *ihr* doch nach, sie ist schließlich dein Kumpel!"

Abbie legte den Kopf schief und lutschte am Finger. Sie sah von Reene zu der offenen Tür weiter unten und rutschte unsicher am Geländer hin und her.

„Ach, zum Teufel mit dir, Abbie!" Reene wandte sich dem Schiff zu, das immer noch weit entfernt war. Immerhin war aus dem roten Viereck ein Schornstein am

Horizont geworden. Das Schiff kam, aber es bewegte sich mit der Langsamkeit eines Gletschers voran. Reene trat in den Wind hinaus und ging am Decksaufbau entlang, um nach dem Bug zu sehen.

Der Bug war verschwunden. Jetzt, wo sie sich hoch oben über dem Meer befand, wurde ihr plötzlich klar, dass sich die tobenden Wellen an dem mit Wasser gefüllten Bug gebrochen hatten. Zugleich hatte der Bug den ganzen Sturm hindurch als Anker fungiert. Der Wind hatte gegen den Aufbau gedrückt, während der Bug ein Gegengewicht bildete und das Schiff im Gleichgewicht hielt. Ohne den sinkenden Bug wäre alles viel schlimmer geworden.

Aber jetzt konnte der Bug das Meer nicht mehr aufhalten. Reene sah zu, wie eine hohe Welle die erste Lukenabdeckung überflutete, rings um die zweite strudelte, den heruntergestürzten Ausleger dem Griff der Seilwinde entwand und ihn gegen den Decksaufbau schlug.

Das war die Küche, dachte sie. Wie mag Ian sich wohl fühlen, wenn er die Welle gegen die dünne Wand schlagen hört?

Die nächste Welle war noch gewaltiger. Der Sturm schöpfte die Schaumkronen vom Wellenkamm ab und schleuderte sie in die Luft. Fauchend wehte er Reene entgegen, als er über die Lukenabdeckungen fegte und den Ausleger anhob, auf sie zu.

Für die Wellen ist es ein Kinderspiel, den Aufbau umzureißen, dachte Reene, ein wahres Fest der Zerstörung. Diese Welle könnte es bereits schaffen.

Das eine Ende des Auslegers schoss aus dem Wasser hoch. Durch die Seile lief ein Ruck. Sie strafften sich wie die Sehne eines Bogens, und der Ausleger lag als Pfeil darauf. Wieder schlug die Welle an den Decksaufbau und schleuderte den Ausleger gegen die Wand.

Nein, nicht gegen die Wand, sondern durch sie hindurch. Die *San Felipe* sah aus wie ein harpunierter Wal.

Und ein gellender Schrei stieg in die Luft und brach unvermittelt ab.

„Ian! Mein Gott, Ian!“ Reene rief, so laut sie nur konnte. Dabei bückte sie sich zu dem Loch hinunter, das der Ausleger geschlagen hatte und in dem er sich jetzt hin und her drehte.

Aber außer diesem einen Entsetzensschrei kam nichts mehr. Nichts als das Plätschern der zurückflutenden Welle und das Knirschen, mit dem Metall an Metall rieb.

An Abbie vorbei, die sie aus großen Augen anstarrte, rannte Reene über das Deck und sprang zu der offenen Tür am unteren Ende des Schornsteins hinunter. Mit vier Schritten war sie dort – und blieb wie angewurzelt stehen.

Hinter dieser Tür herrschte trübe Finsternis, und man hörte Wasser schwappen.

Du warst schon dort unten, dachte Reene. Ein schwarzer Käfig, in dem überall Wasser ist und aus dem es kein Entkommen gibt. Du kannst da nicht wieder runter ...

Aber du musst, oder?

„Sei still, sei bloß still!“, fauchte sie die Tür an.

Dann war sie mit einem Satz durch die Tür, tastete nach den Stufen neben dem Funkraum und watete durch den dunklen Korridor zur Küche. Sie zitterte am ganzen Körper, als sie die Tür aufstieß.

Die Küche war überflutet. Der Ausleger ragte durch ein großes, klaffendes Loch in der Wand und reichte bis in den offenen Kühlschrank hinein. Durch das Loch strömte Wasser in die Küche. Der Kühlschrank war von seinem ursprünglichen Platz weggerissen worden. Er stand jetzt schräg, vornüber zum Ausleger hin geneigt. Bananen, Mangos, Konservendosen und Fleischbrocken wirbelten im Wasser herum, aber sonst war nichts zu sehen.

„Ian!" Reene betrat das chaotische Durcheinander.

Unterhalb der Stelle, wo der Ausleger und der umgekippte Kühlschrank aneinander stießen, ragte ein niedriger Buckel aus dem Wasser empor. Ians Schulter. Sein Kopf und der übrige Körper befanden sich unter Wasser.

Das Wasser spritzte hoch auf, als Reene sich neben Ian auf die Knie fallen ließ. Sie packte ihn an den Haaren und zog seinen Kopf hoch. „Hey!"

Er hustete, dann hustete er noch mal und würgte und spuckte, bis seine Lunge trocken war. Als er aufschaute, huschte der blasse Schimmer eines Lächelns über sein Gesicht. „Hallo!"

Sie ließ seinen Kopf wieder ins Wasser gleiten. „Wir müssen raus hier. Komm schon!"

Ian spannte einen Arm und ein Bein an, aber dann sackte er mit schmerzverzerrtem Gesicht wieder zusammen. „Ich kann mich nicht bewegen."

Reene starrte ihn an. „Hast du dir was gebrochen? Sind deine Beine taub geworden, kannst du nichts mehr fühlen?"

Der Strom, der sich durch das Loch in der Wand ergossen hatte, war verebbt, und der Wasserstand in der

Küche wurde niedriger. Jetzt konnte Reene sehen, dass Ian mit der linken Seite unter der Ecke des schweren Kühlschranks lag. Als der Ausleger sich drehte und sich noch tiefer in den Kühlschrank hineinbohrte, rang Ian keuchend nach Luft.

„Fühlen kann ich, fühlen kann ich! O Gott, und ob!", würgte er hervor.

Reene stieg über ihn hinweg und rammte ihre Schulter gegen den stählernen Ausleger, der sich ständig hin und her bewegte. „Vielleicht kann ich ihn ein kleines Stück verrücken. Probier mal, ob du freikommst, okay?"

Er nickte.

Die Beine gegen das Metalldeck gestemmt, schob Reene mit aller Kraft. Sie krümmte den Rücken, bis sie spürte, wie sich der Ausleger knirschend in ihre Schulter bohrte. Aber das war ungefähr so, als drückte man gegen die Hafenbrücke von Sydney und wollte sie damit zum Einsturz bringen.

„Nein?", zischte sie durch die Zähne.

Ian schüttelte den Kopf.

„Streng dich an, verdammt noch mal. Klar?" Denn wenn du nicht freikommst ... sei still, sei still!

Reene warf sich gegen den Ausleger, während Ian mit der Ferse auf den Boden hämmerte und gegen den Kühlschrank drückte. Sie japsten und schluchzten, und dann sah Reene den Orang-Utan in der Tür kauern.

„Was willst du denn hier?", fragte sie keuchend. Das Orang-Utan-Weibchen legte den Kopf schräg.

Ian drehte sich so, dass er sie sehen konnte. „Sie will Mangos." Dann schloss er die Augen und biss die Zähne zusammen.

„Hau ab!"

Der Ausleger riss an Reenes Schulter. Und wieder schlug eine Welle gegen die Außenwand. Ein gewaltiger Wasserschwall schoss in die Küche und überflutete Ians Kopf.

Erschrocken wich das Orang-Utan-Weibchen zurück.

Reene geriet unter dem Ausleger ins Taumeln. Sie griff nach Ian, fiel aber kopfüber in die reißende Flut.

Mit platschenden Schritten watete der Orang-Utan vorwärts und schwenkte dabei die langen Arme, um das Wasser beiseite zu schieben.

Er will spielen , dachte Reene. Oder nein! Er geht zum Angriff über, fällt über uns her!

„Raus mit dir!"

Das Tier setzte mit einem Sprung über sie hinweg und schwang sich unter den bebenden Ausleger, der vom Wasser hin und her bewegt wurde. Dann stellte sich das Orang-Utan-Weibchen mit gespreizten Beinen über Ian und stieß gegen den Ausleger, als wollte sie nachäffen, was Reene wenige Sekunden zuvor versucht hatte.

Diesmal aber tat sich etwas.

Der Ausleger machte einen Schwenk im Wasser und stieg hoch. Langsam richtete sich der Kühlschrank auf.

Reene fuhr herum, als sie die veränderte Lage sah. „Super, Abbie! Weiter so!" Sie stemmte sich mit den Füßen unten am Kühlschrank ab, packte Ian am Arm und zog.

Mit einem Ruck schoss Ian aus dem Wasser hoch. Dabei stieß er einen gellenden Schmerzensschrei aus, aber er glitt, vom Kühlschrank befreit, in Reenes Arme.

„Ist ja gut! Ist ja gut! Steh auf ..." Mühsam rappelte

sich Reene auf die Beine und zog Ian hinter sich her zur Tür.

Abbie ließ den Ausleger los, sammelte ein paar Mangos aus dem Wasser auf und kam hinterher.

Untergang

Der rote Schornstein auf dem Schiff in weiter Ferne wurde zu einem Schornstein auf einer gelben Planke, dann zu einem Schornstein auf einem Bungalow und schließlich zu einem Schornstein auf einem gelben Wohnblock auf hoher See.

Reene und Ian lagen im Windschutz der Brücke und untersuchten die Prellungen an Ians Seite, die dunkel verfärbt waren und sich immer weiter ausbreiteten.

„Es tut höllisch weh“, sagte Ian. „Vor allem wenn ich das linke Bein bewege.“

„Aber immerhin kannst du dich bewegen. Und du blutest nicht.“

Ian lehnte den Kopf an die Brückenwand und lächelte. „Ja, ich hab Glück gehabt. Danke.“ Er nahm Reenes Hand und drückte sie. „Und auch dir ein Dankeschön, Abbie.“

Abbie saß auf dem Geländer an der Treppe, futterte eine Mango und sah dabei unverwandt zu Ian hin.

„Ja, sie ist ein liebes, kleines Äffchen. Nein, ein großes. Ein großer Menschenaffe“, verbesserte sich Reene schnell.

„Dort unten ...“ Schaudernd hielt Ian inne und sprach

dann weiter. „Dort unten habe ich wirklich geglaubt ... du weißt schon."

„Hey, wir sind immer noch auf diesem verflixten Schiff."

„Aber jetzt dauert's nicht mehr lang."

„So oder so", murmelte Reene vor sich hin.

Sie sah zu dem gelben Frachtschiff hin, das sich im unregelmäßigen Wellengang vom Horizont her näherte. Dann ging sie mit schwankenden Schritten bergab zur vorderen Reling. Vom Bug war jetzt nichts mehr zu sehen, noch nicht mal die Spitze des Flaggenmasts. Die Wellen wälzten sich bis zur Wand des aufgespießten Decksaufbaus, ohne dass die Lukenabdeckungen und die Seilwinden ihnen etwas entgegensetzen konnten. Jetzt war nicht mehr viel übrig, was sich noch über dem Wasser befand. Der viereckige Aufbau, der Schornstein, der von der sprühenden Gischt glänzte, und die Ladekräne standen da, als gäbe es zwischen ihnen und dem Schiff kaum noch eine Verbindung. Sie ragten wie abgestorbene Bäume aus einem überschwemmten Gebiet empor.

Die *San Felipe* wirkte gar nicht mehr wie ein Schiff, sondern eher wie eine immer kleiner werdende Insel. Und hinter Reene begann sich das Heck langsam aus dem Meer zu heben. Sie gab sich Mühe nicht hinzusehen.

Als sie in den Windschutz der Brücke zurückkehrte, sah sie Abbie, die auf dem Deck kauerte und Ian mit ausgestrecktem Arm eine ihrer Mangos anbot. Vor Reene wich Abbie zurück, trat einen schnellen Schritt zur Seite.

„Ach, Abbie, sie ist eigentlich ganz in Ordnung. Ehrlich", sagte Ian.

Reene sah zwischen Abbie und Ian hin und her. Dann lehnte sie sich an die Wand und ließ sich langsam auf das Deck gleiten. Ihr Gesicht war dabei völlig verschlossen, wie tot.

„Was gibt's denn für Probleme, Reene?"

„Keine. Überhaupt keine." Es wird aber welche geben, dachte Reene. Das ist unvermeidlich.

„Vielen Dank für das Angebot, Abbie, aber iss deine Mango ruhig selbst. Ich bin schon ganz voll gestopft, siehst du?" Ian rieb sich den Bauch.

„Hör endlich auf, mit diesem Affen zu reden, als wäre er ein Mensch!"

„Das soll wohl ein Witz sein! Du hast doch gesehen, was Abbie da unten getan hat. Sie ist meine Freundin."

Reene stieß einen tiefen Seufzer aus. „Sie ist ein Affe."

„Ich hab dir schon hundertmal gesagt, dass sie ein Menschenaffe ist. Fast ein Mensch."

„Sie ist kein Mensch. Wenn das alles vorbei ist und wir es irgendwie schaffen, auf dieses andere Schiff zu kommen, wird sie in einem Zoo landen."

Mit grimmiger Entschlossenheit schüttelte Ian den Kopf. „Kommt nicht in Frage. Abbie wird nie wieder die Gitterstäbe eines Käfigs von innen betrachten."

„Was denn sonst? Willst du sie vielleicht mit nach Hause nehmen? Dein Vater wird begeistert sein."

Ian hob den Kopf. In seine Augen war plötzlich ein Funkeln getreten. „Tja, da hat er eben Pech gehabt."

Reene zwinkerte verdutzt und wandte den Blick ab. Irgendetwas war geschehen, in den letzten Stunden oder den letzten zehn Minuten, und sie wusste nicht so recht, wie sie damit umgehen sollte.

Der gelbe Frachter wurde schnell größer. Es sah so aus, als trampelte er die Wellen nieder, anstatt wie die *San Felipe* von ihnen herumgeschleudert zu werden.

Reene fuhr mit der Hand über die Brückenwand. Es könnte vielleicht klappen ..., dachte sie. Aber das ist unwahrscheinlich.

Abbie mampfte geräuschvoll eine Mango und starrte zu Ian hinüber.

Plötzlich stieß Reene mit der Hand an eine rostige Leiter, die an der Wand befestigt war. Vielleicht kommt er wieder zur Vernunft, wenn man die beiden trennt.

„Wir sind nicht hoch genug", sagte Reene.

„Weil wir sinken?"

„Die Leute auf dem anderen Schiff können uns nicht sehen."

Ian schaute am Schornstein hinauf. „Dort können wir nicht raufklettern. Abbie schafft das, aber wir nicht."

Reene folgte Ians Blick. Dann entdeckte sie, dass sich an der Rückseite der Brücke und sogar auf dem Dach Geländer befanden. „Doch, wir können da rauf."

Bevor Reene wieder das Innere der *San Felipe* betrat, warf sie einen langen Blick auf den gelben Frachter, so als könnte er verschwinden, wenn sie ihn aus den Augen verlor. Ian folgte ihr nach und schwenkte dabei die letzte offene Sardinendose vor Abbie hin und her. Abbie schaute zum Schornstein zurück, sah die Kiste mit den Notsignalen, die immer noch auf dem Deck stand, ließ den Rest ihrer Mango fallen und lief Ian hinterher.

Als Reene am Brückendeck angelangt war, machte sie die Tür zum Deck dahinter auf und entdeckte die verrosteten Stufen einer steilen Treppe, die zum Dach hinaufführte. Sie kletterte die letzten Stufen empor und stellte sich dem Wind.

Ein heftiger Windstoß erfasste sie, sodass ihr die Haare wild um den Kopf wehten. Sie wurde seitlich ans Geländer geschleudert und konnte spüren, wie kalt es war. Nirgends gab es Deckung, bis auf die skelettartigen Überreste eines Funkmasts. Mit großer Wucht fegte der Wind vom weiten, unruhigen Meer auf das kahle Brückendach, aber dennoch war das nur ein schwacher Abklatsch von dem Sturm, der am Morgen gewütet hatte.

Und der gelbe Frachter ragte immer höher aus den Wellen empor.

Ian kämpfte sich aufs oberste Deck hoch. Er klapperte mit den Zähnen, grinste Abbie aber fröhlich zu, und das Orang-Utan-Weibchen zog die Oberlippe zurück und ließ ihre Zähne sehen. Ian reichte ihr die letzte Sardinendose. Abbie kauerte sich an den Funkmast und aß, aber auf ihrem Gesicht lag ein besorgter Ausdruck.

„Ich frag mich, wie man uns hier runterholen will", sagte Ian.

„Vielleicht werfen sie uns ein Seil zu."

„Ich meine, wie holt man uns alle hier runter?" Ian sah zu Abbie hin.

„Jetzt dauert's nicht mehr lang", sagte Reene.

Reene konnte jetzt schon den Namen des gelben Frachters lesen. Das Schiff hieß *Thenbald* und war mindestens dreimal so groß wie die *San Felipe*. Es war mit Containern beladen und befand sich keine zweihundert Meter mehr entfernt. Aber es kam nicht näher.

Die Vordecks der *San Felipe* waren nicht mehr zu betreten. Die Lukenabdeckungen verbrachten mehr Zeit unter Wasser als in der Sonne, und der Bug war gänzlich verschwunden.

Reene und Ian hüpften auf dem Deck auf und ab und winkten, aber die *Thenbald* machte fast keine Fahrt mehr.

„Was machen sie nur?“, fragte Ian.

„Sie müssen uns doch sehen! Sie müssen uns sehen“, sagte Reene.

Von der Brücke der *Thenbald* blitzten Lichter auf, eine ganze Lichterkette, immer eins nach dem anderen.

„Was ist das?“, fragte Reene. „Das sind Zeichen, meinst du nicht? Morsezeichen. Kannst du das Morsealphabet? Ich nicht.“

„Sie müssen uns ein Boot rüberschicken. Warum tun sie das nicht?“

Abbie kletterte den Funkmast bis zur halben Höhe hoch und ließ sich daran herunterbaumeln.

„Ein Seil reicht auch.“

„Ein Boot ist aber besser“, sagte Ian.

„Du denkst dabei an Abbie, stimmt's?“

„In einem Boot kann sie's schaffen.“

„Der Affe kommt nie im Leben ins Boot. Das kriegst du auch mit Sardinendosen nicht hin“, sagte Reene.

„Sie muss aber.“

„Er kommt nicht. Der Affe bleibt hier auf dem Schiff.“

„Was? Soll sie vielleicht ertrinken?“

„Du musst dich den Tatsachen stellen, Ian. So wird es kommen.“

„Nein!“

Auf der *Thenbald* stand ein Mann auf der Plattform neben der Brücke und winkte ihnen zu. Er hustete im Wind und brüllte aus Leibeskräften in ein Mikrofon, versuchte ihnen etwas mitzuteilen, aber im Brausen des Windes war kaum etwas zu hören, und sein starker Akzent erschwerte die Verständigung noch zusätzlich.

„Was? Was hat er gesagt?"

„Ich glaube, er hat ‚Rettung' gesagt. Dieses eine Wort."

„Warum tun sie's dann nicht? Oh ..." Der Bug stupste eine Welle an und verschwand. Das Deck unter Reenes Füßen hob sich empor und wurde schräg.

Abbie schrie auf. Sie hielt sich am Mast fest und sauste im Kreis um ihn herum.

„Sie tun überhaupt nichts!", zischte Reene. „Sehen einfach zu, wie wir untergehn!"

„Dieser Mann dort – er winkt zum Himmel hoch ..."

„Ich versteh nicht, was er meint."

„Da!" Ian zeigte nach oben.

Als Erstes hörte Reene das Geräusch, das die Luft durchschnitt. Dann sah sie etwas in den Wolken. „Ein Hubschrauber!"

Ians Gesicht strahlte auf. „Wir kommen hier weg. Heil und gesu..." Dann sah er zu Abbie hinüber, die neben ihm am Deck kauerte und verwirrt zum Himmel hochsah.

Reene strich Ian über den Arm. „Es tut mir so Leid, Ian, aber da ist nichts zu machen."

Er schüttelte ihre Hand ab und hockte sich vor Abbie hin. Das Orang-Utan-Weibchen wich ein Stück zurück.

„Komm schon, Abbie, vor dem Geräusch am Himmel brauchst du keine Angst zu haben. Kümmer dich nicht darum. Du kennst mich doch. Du weißt, dass ich dir nie im Leben etwas Böses tun würde ..."

Der weiße Marine-Hubschrauber füllte den Himmel aus und hämmerte Ians Worte in das Deck hinein.

Abbie flüchtete sich auf die verrostete Leiter am Mast.

„Abbie, komm her! Bitte!"

Das Deck bekam noch mehr Schlagseite. Wassermassen spritzten hoch auf, und der Bug verschwand im tiefen Blau des Meeres.

„Ihr da!" Ein Mann in leuchtend roter Kleidung beugte sich seitlich aus dem Hubschrauber, so weit hinaus, dass es ganz unmöglich schien. Eine Art Geschirr hing lose von ihm herab. Er winkte zu ihnen herunter. „Macht euch bereit, klar?"

Dann trat er in die Luft hinaus und schwebte unter dem dröhnenden Hubschrauber. Er stürzte zu ihnen hinab, aber nur ganz langsam. Es dauerte ein paar Sekunden, bis Reene vor dem Hintergrund des dunkelgrauen Himmels das schwarze Seil ausmachen konnte.

„Wir haben keine Zeit zu verlieren! Seht ihr das da unten am Seil? Ihr steigt dort rein, klar? Alle beide ..."

Der Mann hielt zwei voneinander getrennte Geschirre in den Händen. Mit einem schweren Aufprall landete er auf dem schrägen Deck. „Kinder? Das hatte man uns gesagt ... Okay, steigt ein, steigt ein."

Mit einem Satz sprang Reene zu dem Geschirr hin und taumelte rückwärts, als es in ihrer Hand zu losen Gurten wurde. Sie konnte spüren, wie das Deck schwankte. Hinter ihrem Rücken vibrierte es, und dort, wo der Bug ins Meer abgetaucht war, stieg eine gewaltige Wasserfontäne empor.

„Macht euch jetzt keinen Kopf um das Schiff!", rief der Mann. „Wir verschwinden hier! Ihr sprecht Englisch? Schön. Jetzt macht schon, macht schnell."

Das Geschirr war sehr einfach. Gurte für vier Beine und ein weiterer Gurt als Stütze im Rücken. Reene stieg rasch in ihr Geschirr hinein, aber Ian versuchte immer noch, Abbie zu überreden.

„Ian! Wir müssen los!"

Das zischende, schäumende Meer glitt über das schräg geneigte Deck, überflutete die erste Lukenabdeckung und leckte an der zweiten.

Ian streckte die Arme nach Abbie aus. „Bitte ..."

Aber Abbie wich zurück.

Der Mann sah zu, wie das Schiff ins Meer hinabglitt. „Verdammt noch mal, jetzt mach schon endlich!", schrie er.

Unbeholfen verfrachtete Ian seine Beine in das Geschirr. Dabei schaute er Abbie in die Augen.

Und dann wurden Reene und Ian vom Deck hochgerissen, während sie wie zwei Fische am Haken hingen. Der Mann war über ihnen, gerade so weit, dass sie gegen seine Knie stießen. Sie befanden sich oberhalb der *San Felipe* und unter dem Hubschrauber, schwangen in der Luft hin und her.

Mit offenem Mund, die Augen vor Staunen weit aufgerissen, kletterte Abbie aufs Deck.

„Was ist das denn?", schrie der Mann.

„Abbie ...!" Ian sackte in seinem Geschirr zusammen. Seine Arme baumelten schlaff herunter. Der Junge, der nach Aussage seines Vaters zu nichts zu gebrauchen war, hatte mal wieder versagt. Ein Nichtsnutz.

Abbie sprang auf den Funkmast und kletterte so schnell hinauf, dass es aussah, als würde sie fliegen. Sie starrte zu Ian hinüber, der zehn Meter entfernt in der Luft hing und immer höher stieg.

In Ians Augen kam wieder Leben. Er riss den Kopf hoch. „Schaffst du das, Abbie?"

Abbie sah auf das Schiff hinab, das unter ihr ins Meer glitt.

„Komm schon, Abbie, komm!" Ian streckte die Arme, die Finger, seinen ganzen Körper dem Orang-Utan-Weibchen entgegen.

Abbie sah Ian an, schaute ihm in die Augen – und sprang. Das Orang-Utan-Weibchen wurde zu einem lang gestreckten Schatten zwischen Schiff und Meer. Es schien, als habe sie nicht mehr Substanz als der Wind und die Wolken.

Und sie begann zu fallen. Ihre Finger streiften die von Ian, und im ersten Augenblick rutschten sie ab.

Aber dann streckte sich Ian, reckte sich über seine Reichweite hinaus, und Abbie bleckte die Zähne, ließ so etwas wie ein Grinsen sehen.

„Ich hab dich!" , sagte der Nichtsnutz.